特别的猫

[英国] 多丽丝·莱辛 著 | 邱益鸿 译

译林出版社

图书在版编目（CIP）数据

特别的猫 /（英）多丽丝·莱辛（Doris Lessing）著；邱益鸿译. — 南京：译林出版社，2023.5
（莱辛作品）
书名原文：On Cats
ISBN 978-7-5447-9507-4

Ⅰ. ①特… Ⅱ. ①多… ②邱… Ⅲ. ①散文集－英国－现代 Ⅳ. ① I561.65

中国版本图书馆 CIP 数据核字（2022）第 216068 号

著作权合同登记号 图字：10-2021-124 号

特别的猫 ［英国］多丽丝·莱辛 / 著 邱益鸿 / 译

责任编辑 吕雅坤
装帧设计 金 泉
校 对 王 敏
责任印制 颜 亮

原文出版 Flamingo, 2002
出版发行 译林出版社
地 址 南京市湖南路 1 号 A 楼
邮 箱 yilin@yilin.com
网 址 www.yilin.com
市场热线 025-86633278
排 版 南京展望文化发展有限公司
印 刷 苏州市越洋印刷有限公司
开 本 850 毫米 ×1168 毫米 1/32
印 张 6.375
插 页 4
版 次 2023 年 5 月第 1 版
印 次 2023 年 5 月第 1 次印刷
书 号 ISBN 978-7-5447-9507-4
定 价 52.00 元

目 录

特别的猫

第一章

我家坐落在一座小山上，盘旋于树林上空的鹰隼等鸷禽，大多与我的视线平行或偶尔略低一点儿。经常只要一低头，便能瞅着一双宽约六英尺的深褐色大翅膀，平展在金光闪闪的阳光下，贴着弯曲的树林边缘飞行。山坡下，田地已经犁过，不妨选一处犁沟躺下，最好是犁头转拐处的深凹坑，躺在里面，就等同于藏身在一道由青草和树叶筑成的屏障之下。双腿尽管被太阳晒得黝黑，但搁放在红褐色土壤上，仍显得苍白触目，还是要往腿上撒点儿泥土，不然干脆把双腿埋进土里。一群飞鸟在数百英尺的高处来回盘旋，眼睛紧紧盯着田野，搜寻老鼠、家禽或鼹鼠的踪迹。随便挑一只鸟儿，没准就是头顶正上方的那一只。也许就在那么一瞬间，仿佛看见鸟儿与自己对视了片刻，它用冷漠的鸟眼，直勾勾地盯着人类平静又好奇的双眸。在它那双巨翅中间，如子弹般窄小的身体下方，两只尖爪早已蓄势待发。大约过了半分钟，不对，才二十秒，鸟儿突然一个俯冲，扑向选定的小动物，得手后旋即飞起，扇动着巨翅腾空而去，只留下一阵红色尘烟和一股热乎乎的气味。天空又恢复了原貌：辽阔而宁静的苍穹下，东一簇西一群旋转飞翔着鸟儿。然而，就在山顶上方，或许正有一只老鹰盘旋巡视，时刻准备着从侧方姿态潇洒地俯冲而下，扑向选定的猎物——我们家的某只鸡。有时它甚至会沿着林中的一条山道逆飞而上，一路上不停地调整翅膀方向，避开身边悬垂的枝条。这些老鹰为什么宁可违反自己高速飞翔的天性，不从高空飞落地面，反而选择穿行于林中山路的上空？

我们家的鸡圈，就是方圆数英里的老鹰、猫头鹰和野猫的鲜肉补给站，至少它们的敌人对此坚信不疑。我们家的鸡一天到晚都在无屏无障的开阔山顶自由活动，那耀眼的黑、褐、白等各色羽毛，咕咕喔喔的啼鸣声，脚爪窸窸窣窣的刨地声，走路时大摇大摆的样子，都是引起掠夺者发动攻击的最好标记。

非洲的农场有个做法，爱把煤油灯和汽油罐的盖顶除掉，往里面放些金属亮块，用来反射阳光，据说用此法能够吓走鸟儿。但是，我曾经亲眼看到一只老鹰从树上飞下，无视周遭一大群黑人白人、猫呀狗呀，径直把一只昏昏欲睡的正在孵蛋的胖母鸡掳走。还有一次，我们正在屋外喝茶，一只老鹰突然从空中直扑而下，从十几个人的眼皮子底下，攫走了一只藏身于灌木下的半大小猫。要是在漫长炎热的寂静正午，忽然听到一阵吱吱喔喔的叫声或是扑扑的拍翅声，就只有两种可能性：不是哪只母鸡被公鸡踩了脚，就是又有一只鸡被老鹰抓走了。好在我们家里的鸡多得是。话又说回来，附近的老鹰实在太多，用枪是打不完的。不管什么时候，只要站在山坡上抬头一望，必然可以在方圆半英里内，找到一只正在空中打转转的老鹰，而在它身体下方几百英尺之处，还有一个细小的黑影正迅速地掠过树梢，越过田野。我坐在树下休息时经常看见，地上的小动物们，只要一发现高空巨大鸟翼所投下的不祥阴影落到了自己身上，或遮住了树丛和草地上的阳光，不是被吓得动弹不得，就是慌里慌张地找地方躲藏。老鹰从不独来独往，向来都是两只、三只或是四只结伴出行。你可能会纳闷：这些老鹰干吗总在一个地方打转转？道理很简单嘛！因为它们借力的是同一道气流，只是高度不同而已。就在这几只鹰的不远处，还可以看到另一组鹰群。再凝神细看，就会发现天空中到处都是小黑点；若遇上阳光，小黑点就变成小光点，如同窗外一缕阳光下的尘埃。在这片绵延数英里的碧空中，究竟有多少只鹰隼？上百只总有吧？每一只都有能力在短短几分钟内掳走我们的家禽。

所以，除非愤怒到极点，我们一般不会射杀老鹰。记得那次，一只在鹰爪下凄厉惨叫的小猫，眼见着就要消失在天空，气得母亲举起枪朝空中一顿扫射，自然毫无收获，纯粹是在浪费子弹。

如果说白天是鹰群的猎场，那么黎明和黄昏就是猫头鹰的阵地。太阳一落山，我们就会把鸡群赶进鸡圈，可是已有猫头鹰守在树上伺机而动了；再说，晚睡的猫头鹰会趁着曙光初现，鸡圈再度开门时，下手捕鸡。

鹰群总是在阳光下活动，猫头鹰会在微光中活动，而夜光下活动的，则是猫——野猫。

这时，枪就可以派上用场了。鸟类可以在绵延数千英里的天空中遨游，但猫却不同，他们有窝、有配偶，还有小猫，再怎么说总有一个猫窝。一旦发现哪只野猫选择在我家山上安家，我们就格杀勿论。趁着夜色，野猫会从墙上或是铁丝网上一个小得不能再小的缝隙钻进鸡圈作案。他们还会跟我们家的猫交配，引诱这些爱好和平的家猫，到树丛中风餐露宿，而我们坚信，我家的猫并不适合那种危险的生活。野猫的出现，让我们家这些娇生惯养的小东西对自己的身份产生了质疑。

一天，我家的黑人帮厨说，他在半山腰的树上看到了一只野猫。当时我哥哥不在家，于是我抄起一把来复枪赶了过去。那个时候恰好是大中午，按道理野猫一般是不会出来活动的。在一棵并不高大的树上，那只猫趴在一根树枝上，冲我呜呜低吼，一双绿眼瞪着我。野猫的样子大多不好看，黄褐色的毛皮丑兮兮的，又硬又糙，身上还带着股难闻的味儿。她显然刚刚吃了一只鸡，案发时间就在十二小时之内，因为这棵树下散落着一堆白色羽毛和几块已经开始发臭的肉屑。我们讨厌野猫，他们一见我们就竖起爪子，呜呜低吼，他们也讨厌我们。这是一只野猫，我朝她开了一枪，她"咚"的一声摔下树枝，跌到我脚边，在飞舞的羽毛堆中抽搐了几下，便一动不动了。换作平常，我都是立刻抓起那又脏又臭的猫尾巴，拎起尸体，扔进附近的一口废井里。但我总觉得这只野猫有点奇怪，于是弯下腰看了看她。她的头型不太像野猫的，毛发虽然粗糙，但与野猫相比还是偏柔软了些。我不得不承认，她不是野猫，而是我家养的猫。我们认出，这具丑陋的尸体，就是米妮，那只我家两年前忽然失踪的宠猫，当时我们还以为她是被老鹰或是猫头鹰抓走了呢。米妮有一半波斯猫的血统，身子毛茸茸的，摸着特别舒服。眼前的死猫的确是她，一名偷鸡贼。在我击毙她的那棵树附近，我们找到了一窝小野猫，但这些小猫崽儿实在太野了，把人类视为天敌，我和仆人四肢上的咬伤和抓痕就是明证。没有办法，我们只能把他们消灭。准确地说，是母亲找人消灭了他们。由于一些家庭法则直到很久以后才得以建立，因此，这类讨厌的活儿，都是落到她的头上。

你们想想，家里常年有猫，但距离我们最近的兽医，也远在七十英里外的索尔兹伯里[1]。记得，当年没人愿意给猫治病，母猫的麻烦事儿就更没人管了。养猫，就会有小猫，而且数量多，生产次数也多。所以说，没人要的小猫总得有人除掉吧。是家中的非洲帮佣或帮厨下的手吗？我记得，耳边常常听到这个词儿：bulala yena。（杀了它！）不管是家里的还是农场中的，受了伤的和体弱多病的牲畜家禽，全都逃不了这个命运：bulala yena！

但是，我家里有一杆猎枪和一把左轮手枪，一般是我母亲在用。

比方说，蛇通常就是由她处理的。家里有蛇出没是常事儿，我们就等于与蛇同住，这么说是很恐怖，却是事实。比起蛇来，我更害怕蜘蛛——那些体庞个大、奇形怪状、数量繁多的蜘蛛，

1　索尔兹伯里（Salisbury），是津巴布韦的首都，现名为哈拉雷。

想想都是噩梦。平日里我们常见的蛇是眼镜蛇、黑曼巴蛇、吹气蝰和夜蝰蛇。还有一种极其可恶的蛇，叫非洲树蛇。这种毒蛇喜欢缠绕在树枝或者廊柱之类远离地面的地方，谁惊扰了它，它就朝谁脸上喷毒液。它们通常待在和人类视线平行的地方，所以常常有人被这种蛇毒瞎。但在与蛇同居的二十年里，这种惨事只发生过一次：一条树蛇将毒液喷进了我哥哥的眼睛里，幸亏一位非洲人用草药保住了他的视力。

但是，警钟依然常常响起：厨房里有蛇，阳台上有蛇，餐厅中有蛇；蛇似乎无处不在。有一次，我差点将一条夜蝰蛇当作一绞毛线给捡起来。幸好它先被我吓了一跳，发出咝咝的声音，救了我俩的命：我吓得落荒而逃，它也趁机溜走。我家的书桌上堆了很多白纸，纸堆间有很多缝隙。有一次，一条蛇竟然溜进了纸缝中，母亲和仆人为了将它打死，花了好几个小时才将它惊出。还有一次，一条曼巴蛇闯入储藏室的谷物箱底下，母亲奈何不了它，只好平躺在地，将近在咫尺的它开枪击毙。

记得有一次，一条钻进柴堆里的蛇让一家人惶恐不安。我告诉家里人，我好像看到那条蛇窜进了两根木柴中。这句话却断送了一只我最心爱的猫咪的性命，因为我看见的其实是她的尾巴。母亲朝着一个移动的灰影开了一枪，随即响起一声凄厉的惨叫，猫的肚子被打破了一个大洞，血肉模糊。她在木堆中挣扎滚动，不停哀叫着，碎裂的肋骨下露出血流不止的小心脏。母亲一边流泪一边抚摸她，她终于断气了。而作为罪魁祸首的眼镜蛇呢，此刻正盘在几英尺外柴堆高处的一根木头上，安然无恙。

另有一次，家中突然一片喧哗，人人惊恐。原来是在一条布满木槿和荆棘的乱石小道上，一只猫正在和一条舞动着的小细黑蛇对决。小蛇倏地一下钻进一簇三英尺宽的荆棘丛中，躲在里面，用亮晶晶的眼睛盯着那只无法接近荆棘丛的猫。猫守了一个下午，绕着蛇藏身的荆棘丛一直打转，冲着对手又是龇牙咧嘴又是喵呜喵呜地怒吼，可是当夜幕降临时，小蛇便趁着夜色溜之大吉了。

许多故事没头没尾地在记忆中闪现。记得曾有一只猫，眼睛被蛇毒所伤肿得老大，躺在母亲床上喵呜哀嚎，后来怎么样了？还有那一只猫，腹部因涨奶都耷拉到了地上，一路哀哀叫着走进屋子，后来她又怎么样了呢？我们去工具房看她那窝躺在旧盒子里的小猫崽儿，却发现他们全都不见了。仆人看了看盒子周围尘土上的痕迹，说："Nyoka。"是条蛇干的。

小时候，对人呀、动物呀、事情呀，遇见什么就接受什么，消失了就消失了，没有人告诉理由，自己也不会张口询问。

但现在想起猫，总是有猫，想起那桩桩件件与猫相关的事情，想起与猫相伴的岁岁年年，不由得为养猫带来的繁重工作而震惊。如今我在伦敦只养了两只猫，都常常叨叨，若是有人敢说，养两只小动物能有多麻烦，能操多少心，这个人肯定是站着说话不腰疼。

那些年里，所有跟猫有关的活计都是母亲的事儿。男人主外干农活，女人主内打理家务，乃天经地义。即便乡下的家事要比城里所谓的家务活繁杂千百倍，她也得接手。因为单从性情上而言，那些活儿也非她莫属。母亲仁爱明理，善持家，尤其务实，极少感情用事。不仅如此，她还是那种懂得如何做事、也肯亲力亲为的女子。总之，她是一个厉害角色。

对那些事儿，父亲心里其实是清楚的，毕竟他是乡下人，但他的态度却不以为然。每当有事情必须解决，必须拿出对策，必须采取最后的非常手段——而执行任务者总是母亲，父亲却说："所以说就这么决定了！随便你了！"语气酸溜溜的，有几分不满，却也不无钦佩。但到最后他总会服软："大自然嘛，如果都能安分守己，不也挺好的。"

对母亲来说，能与自然相安无事自当竭力为之。的确，此事既是她的职责，亦是她的心头之痛，但她向来不会在多愁善感的问题上浪费时间。“你倒是挺好的，对不对？”她幽默地回答，其实心里是恼父亲的，因此母亲的幽默中略带怨愤，因为像淹死小猫，开枪射蛇，杀死生病的家禽，或者用硫黄熏白蚁窝这类事儿父亲一律不管不问，相反，他还喜欢白蚁来着，常常看它们忙乎，一看就入迷。

所以我百思不得其解，为什么在那个可怕的周末，母亲会抛下我不管，把我丢给父亲，让我们与四十多只猫待在家里。

我思来想去，对她的行为，只有一种解释:“她这个人太心软了，连一只小猫崽儿都舍不得淹死。”

说这话的人是我，我当时正窝着火，说话的口气很不耐烦，也很冲。那会儿我正在跟母亲进行着一场“战争”，一场生死搏斗，或者说一场生存之战。母亲的离家是不是跟我俩的战争有关，我不得而知。如今想来不禁纳闷：究竟是什么原因让母亲突然勇气尽失？还是她是想以此来抗议什么？她的心里到底承受着怎样的痛苦？当年她突然开口说，淹死小猫崽儿，杀死病猫的事儿，今后别再找她，她说这话的真正用意又是什么？最后，她明明知道在我们家养猫成患已是事实，心里清楚接下来会发生什么事情，为什么依然抛下我们独自离去？

自从母亲拒绝担任监管者与仲裁者之职，不再参与维持自然界的合理繁殖和不合理增生之间的平衡事务，不到一年时间，我家屋里、周围库房以及农场四周的灌木丛，全都猫满为患。小猫、老猫、半大不小的猫；家猫、野猫、半驯半野的猫；患上疥癣的猫、受伤肿眼的猫、跛腿的残疾猫，各种猫一应俱全。更糟糕的是，还有六只怀孕的母猫。照这样看来，如果不赶紧采取措施，数周之后，我们家势必沦为百猫相争的战场。

是得采取行动了。父亲这么说，我这么说，仆人们也这么说，母亲却抿紧嘴唇，一言不发地离开家门。她离家之前去和她最喜欢的猫道了别。那是一只很老的虎斑猫，我家的猫全都是她的子孙。母亲一边温柔地抚摸猫头，一边哭泣。我仍记得自己当时的想法，觉得母亲是在自寻烦恼，并不懂得她哭泣是因为无助。

母亲前脚才离开家门，父亲就念叨了好几遍："这么说，非做不可了，是不是？"是的，的确到了非做不可的时候。于是父亲给城里的兽医打了一通电话。这可不是一件简单的事儿。我们家是跟其他二十家农户共用一条电话线，得等到别人聊完八卦或农场见闻后才轮得上，然后打电话到话务局，向他们申请一条可以跟城里通话的线路，等到有线路可以用的时候，他们再打电话通知你。这一等说不定就是一个小时，甚至两个小时。坐在一旁干等，望着群猫，巴望着这等龌龊事儿能速速了结，这样的等待简直就是一种折磨。我与父亲并排坐在餐厅的餐桌边，等待电话铃声响起。最后我们总算联系上了兽医，可兽医却说，让成年猫死去的最人道的方法，就是用氯仿。距离我们最近的药店在二十英里外的锡诺亚[1]。于是，我们开车去锡诺亚，没想到药店那周不营业。我们在锡诺亚打电话去索尔兹伯里，拜托那儿的一位药师，请他第二天托火车捎一大瓶氯仿过来。他答应帮忙看看。平时没下雨，我们晚上都会待在屋前乘凉。那天夜晚，我们坐在屋前的星空下，心里既难过又愤怒，还满腹愧疚。为了尽快熬过这段折磨人的时光，我们早早就上床睡觉了。第二天是周六，我们开车去车站，可火车上并没有氯仿。周日，一只母猫产下了六只小猫，可是没有一只健全的猫，每一只都有一些地方出了问题。父亲说，这是近亲繁殖的后果。如此说来，只要用不到一年的时间，就可以让几只健康的猫，变出一支残疾猫大军，简直匪夷所思。仆人将新生的小猫崽儿处理掉，而我们又度过了一个痛苦的日子。周一我们开

1　锡诺亚（Sinoia），津巴布韦一地名，位于首都哈拉雷（原索尔兹伯里）西北部。

车到火车站，等到替我们捎带货物的火车，带着氯仿返回家中。母亲预定这晚回家。我们拿了一个密封的大饼干罐，往里面放了一块浸满氯仿的棉球，然后把一只生病的可怜老猫关进去。我不推荐这种方式。兽医说这个办法能立竿见影，可事实并未如他所言。

最后，我们把猫统统赶进一个房间。父亲带着他第一次世界大战时使用的左轮手枪走进房间，说什么手枪比猎枪好使。枪声接二连三地响起。那些还没被捉住的猫预感到自己的命运，在灌木丛里四处乱窜、尖叫，躲避人的追捕。父亲从房间里走出来过一次，只见他脸色发白，双唇紧闭，眼眶湿润，看起来很不舒服。他叽里咕噜地骂了好一阵子，又进到房间，随之枪声再次响起。最终他走出了房门。仆人进去，把猫尸体运出来，扔进废井里。

但还是有几只猫逃过了此次大劫，一共三只，他们再也没有回到这所凶宅，最后肯定是变成了野猫，生死未卜。母亲回到了家里，等到接她回家的邻居离开之后，她便轻手轻脚、一言不发地穿过这栋只剩下一只猫的房子，她心爱的老猫正窝在她的床上睡觉。母亲并没有要求我们放她一马，因为她年纪大了，身体也不太好。但是母亲一回家就在找她，她在她身边坐了很久，一边抚摸她，一边和她说着话。然后，她走到阳台上。父亲和我就坐在那里，感觉自己像杀人犯似的。母亲坐下来。父亲正在卷一支烟，手仍在颤抖。他抬起头看着母亲，说："绝对不能让这种事情再发生了。"

我想，这样的事情以后是绝对不会发生的。

这场屠猫行动，让我异常愤怒，因为它原本是可以避免的，但在我的记忆中，我并未因此而悲伤。我十一岁那年，一只猫的死亡，让我伤心欲绝，从此我硬起心肠不再为猫难过了。当时，望着那具冰冷沉重的尸体，我实在无法相信，她就是昨天那只轻盈似羽毛的小猫。我告诉自己：这种痛苦我绝对不再承受第二次。但我心里很清楚，这样的誓言我曾经发过。父母告诉我，我三岁时，有一次和保姆外出散步，当时是在德黑兰，我不顾保姆的反对，在街上捡了一只饿得奄奄一息的小猫，把她抱回了家。他们说，我一直嚷嚷着说，她是我的小猫。家人一开始是坚决不同意收养的，但我为了小猫对他们死缠烂打，决不放弃。小猫身上很脏，家人用高锰酸钾给她洗澡消毒，从此她就和我同睡一铺。我不允许别人把她带走，但她却一定得离开我，因为不久之后我们举家搬离波斯，只能将她留下。又或许是她死了，或许——我怎么知道？不管怎样，在遥远的过去，一个小女孩为自己赢取了一只日夜相伴的小猫，可惜小女孩最终还是失去了她。

过了某个特定的年纪——对有些人来说，可能是在年纪很小的时候——生活中便不会再有新人、新动物、新梦想、新面孔以及新事情出现了，因为一切均已发生过，所有人物以前全都露过面，只是戴着不同的面具，穿着不同的服装，拥有不同的国籍和肤色而已，而实际上却是一样的，一模一样，全都是陈年往事的回声和重复；甚至所有的哀伤，也都是许久以前封存于记忆中的伤心过往的重现。譬如我吧，记忆中那撕心裂肺的悲痛，以泪洗面的日子，深入骨髓的孤独，遭受背叛的绝望，全都跟一只瘦瘦小小、行将死亡的猫有关。

那年冬天，我生了一场病。当时，我的大房间准备重新粉刷，不方便住人，我便搬到了最靠边的小屋里去住。我们家的位置靠近但并非立于山顶，而是坐落在旁边的坡道上，所以给人的感觉好像它随时会滑到山脚的玉米地里似的。我的这间屋子，非常狭小，却有门有窗，常年开着。七月里，天空一碧如洗，寒风阵阵，但我这间小屋依然门户洞开。天空中阳光灿烂，田野里洒满阳光，天气却很冷，冷得不行。那只蓝灰色的波斯猫，咕噜咕噜地爬到我的床上，待在那里分担我的病痛，分享我的食物、枕头和美梦。每当我清晨醒来，脸颊贴着冰块似的亚麻被单，毛毯外侧冰冷无比，从隔壁房间飘过来的墙漆味儿寒气袭人，夹杂着一股消毒水的味道；屋外寒风刺骨，尘土轻扬。但是在我的臂弯里，总是蜷着一个暖乎乎、轻轻发出咕噜声响的小家伙，我的爱猫，我的朋友。

屋后，浴室外面的地下，埋了一个大木桶，用来接洗澡水。我们的农场里没有自来水设备，需要用水时得赶着牛车去几英里外的井里汲水。在长达数月的干旱季节里，我们只能用脏洗澡水来浇花。寒风凛冽的一天，我的猫不小心掉进装满热水的木桶里，惊恐地大声尖叫，被我们捞出。木桶里很脏，除了落叶、尘土，还有肥皂水，我们用高锰酸钾给她洗澡，擦干后放进我的被子里取暖。她不停地打喷嚏，呼呼喘着粗气，接着就发起了高烧。她得了肺炎。我们用家里一切可用的药物治疗她，但是那时还没有抗生素，所以她还是离我而去了。她在我的臂弯里躺了一周，用一种颤抖、沙哑的细弱嗓音，艰难地打着咕噜，但她的声音一日弱似一日，最后听不见了。她舔我的手；听见我大声呼唤她的名字，恳求她活下去时，她睁了睁绿色的大眼睛，然后永远合上了双眼，接着被扔进了那口一百英尺深的枯井里。一年前，这里的地下水突然改道，使得这口我们家十分仰赖的水井，变成了一个干枯、破裂、石块密布的竖坑，里面很快就积了不少垃圾、铁罐和动物尸体。

事情的经过就是这样。不能让这种悲剧再次上演。多年来，我总是拿朋友家的猫、店里的猫、农场里的猫、街道上的猫、墙头的猫，以及记忆中的猫，与那只温柔的、爱咕噜咕噜叫的蓝灰色生灵相比，而唯有她才是我心目中独一无二的猫，任何猫都无法替代她在我心中的地位。

此外，有一段日子，我的生活中没有一样多余的、不必要的装饰品。猫在一个总是四处漂泊、不停搬家的人那里是找不到容身之所的。对猫而言，他不仅需要一个属于自己的人，还需要一个属于自己的地方。

我在兜兜转转了二十五年之后，才拥有了养猫的条件。

第二章

那是在伦敦公爵大院的一套丑陋的大公寓里面。我们一开始便打定主意，要养一只性格坚韧、单纯，要求不多，有能力保护自己的猫，因为只要望一眼后窗，就能看见那个群猫为争夺围墙和后院所有权的残酷战场。他要么自己去捉老鼠吃，要么给什么吃什么。他不能是一只纯种猫，因为纯种猫太娇贵。

这些条件自然与伦敦毫无关系，却与非洲大有关联。譬如，在非洲农场里，我们会从装着刚挤出的牛奶的桶里，舀几碗温牛奶给猫喝，最得宠的猫可以享受剩饭剩菜，但肉食是绝对不会提供的——要想吃肉，他们会自己去想办法。他们要是病了，连续几天都不见好，就会惨遭灭顶之灾。在农场里，你可以一口气养十几只猫，都不用为他们准备猫砂盆。为了彰显自己的实力，他们会为一块毯子、一把椅子、库房角落的一个盒子、一棵树甚至一片树荫大打出手。为争夺领土他们与自己的同类斗、与野猫斗、与农场里的狗斗。农场是一个开放地带，因此他们征战的次数要比城里的猫频繁数倍。在城市，一只猫，或者一对猫，就可以拥有一整栋房子或是整套公寓，所以城里猫的任务就是抵御不速之客和外来入侵者。但是在疆界线之内，同住一屋的两只猫如何相处，又另当别论了。对他们而言，房子的后门就是抵御外来者入侵的防御线。我有一位住在伦敦的朋友，曾经迫不得已把猫砂盆放在房间里好几周，因为她家的公猫遭到十几只公猫的围攻，那些猫整日守在她家花园四周的围墙上和园中的树上，时刻准备将他剿灭。不过，她家的猫最后扭转战局，以少胜多，重新夺回了自己的领土。

我的猫是一只半大不小、黑白相间的母猫。虽然不是什么名贵品种，但她的前主人一再保证，她非常干净，非常乖巧。说实话，她的确是一只不错的猫，可我却不大喜欢她，我还是不愿意向感情低头，说白了我是在保护我自己。我嫌她神经兮兮，过于焦虑，爱大惊小怪。其实我的评价有失公允，因为城里的猫远离大自然，根本无法像农场猫那样独立生活。但我就是有点烦她，烦她会像一条狗一样等待主人回家，又像狗一样硬要跟你待在同一个房间，还有赖着你跟她玩儿；再说，等她有了小猫肯定还要有人照顾。说到她的饮食习惯，我们最初有过一次较量，但她只用一周的时间便让我大败而归。她只吃嫩煮的牛肝和鳕鱼，其他东西一口也不吃。她究竟是在哪沾染上了这种毛病？我曾问过她的前主人，不过问了也是白问，她哪里会知道。我先是放了一些猫罐头和剩菜在她面前，她无动于衷，直到我们吃牛肝的时候，她才有了吃东西的兴致。原来这位猫小姐只吃牛肝，而且只吃用黄油炒的牛肝。有一次，我决定饿她几顿，看她还挑不挑嘴。“这个世上，还有许多地方的人填不饱肚子，一只小猫崽儿，竟这个不吃那个不吃，太可笑了吧！”一连五天，我只给她准备猫食和剩饭。在这五天里，她总是挑剔地看了看盘子里的东西便扭身走开了。每天晚上，我都会把放馊了的食物倒掉，另开一个猫罐头，再给她的碗里倒满牛奶。她慢悠悠地走过来，看看我为她准备了什么，喝几口牛奶，又晃晃悠悠地走开了。她好像瘦了不少，肚子肯定饿得不行。但是，较量到最后举手投降的还是我。

在我家房屋后面有一架木梯，从一楼的楼梯台通往院子。猫小姐坐在上面，可以将六个院子、一条街道和一间库房尽收眼底。初来乍到时，附近的猫纷纷赶来，想一睹新邻居的尊容。她坐在梯子的最高一层，这样，如果猫儿们靠她太近，她就能飞奔回屋。她的个头还不及守在外面的大公猫的一半。我还以为，她才这么点大，应该不会怀上宝宝。不料，她还没有发育成熟，就怀孕了。她自己还是只小猫，就要当妈妈，实在不是什么好事儿。

她的怀孕让我想起了大自然这位老友，我的这位朋友应该对一切都有妥善安排。在自然状态下，未成年的母猫会怀孕吗？她会每年生产四五胎，每一胎产六只小猫吗？众所周知，猫不仅是老鼠和鸟类的捕食者，同时也是鹰隼的食物。母猫和小猫崽儿躲藏于树上，而鹰隼就在树木上空盘旋。如果哪只小猫崽儿出于对新世界的好奇，溜出藏身之所，不用多久就会消失于鹰爪之下。忙于为自己和小猫崽儿捕食的母猫，很可能只有能力保护一个孩子，也许两个吧。值得注意的是，如果一只家猫生了五六只小猫崽儿，你偷偷抱走两只，她好像没有什么大的反应。她会喵喵地抱怨几声，随便找一下，这事儿便不了了之了。但是，如果她只有两个孩子，其中一个孩子在还没满六周大的时候，也就是在还不到能够离家生活的时候就消失不见了，做妈妈的肯定会急疯了，她会满屋子乱转，到处寻找她的小心肝。这样看来，一窝待在城里人家温暖的猫篮子中的六只小猫，是否可以被看成一份放错地点的鹰隼口粮？然而，大自然是如此死板拘泥，如此不知变通，既然猫已经和人类做了好几百年的朋友，难道大自然就不能稍作调整，改变一下这“每年生产四胎，每胎生五六只小猫”的死规定吗？

我的猫在准备生头胎的时候，一直在喵呜喵呜地高声抱怨。她知道自己有事儿要发生，所以她得确保事发之时，身边有人陪着。农场的母猫到了生产时间就会离开，到一个隐蔽幽暗的地方产崽，一个月之后，她再带着幼崽回来，这时候幼崽已经足够大了，她都可以教他们识别牛奶盆找牛奶喝了。在我的记忆中，我们从来没有为哪只农场猫提供过产崽的地方。我们为这只黑白两色的猫妈妈提供了篮子、壁橱还有衣橱底部，作为产房。她似乎对这些地方都不满意，在生产前的两天里，她寸步不离地跟着我们，在我们的腿边蹭来蹭去，喵喵叫唤。最后，她选择了在厨房的地面上分娩，因为那个时候家里人都在厨房里。一张冰凉的蓝色油毡布上，躺着一只圆滚滚的母猫，她一直喵喵地哀叫，希望有人注意到她，她一边焦急地咕噜咕噜大口喘气，一边盯着她的帮手，怕他们走开。我们拿来一只篮子，把她放进去，接着去忙别的事儿了。她马上爬出篮子跟在我们脚边。事情很明显，我们哪儿都不能去，得留下来守在她身边。她阵痛了好几个小时，终于，第一只小猫要出来了，可是小猫体位不对。我们一人抓住母猫，一人抓住小猫滑溜溜的后腿往外拔。小猫身子出来了，可头却卡住了。母猫疼得又咬又抓，悲号不止。最后，她的子宫猛地一收缩，小猫终于出来了，可就在这时，被折磨得近乎失去理智的母猫，转身一口咬住小猫的后颈，小猫当场毙命。等另外四只小猫顺利出生后，我们才发现，死去的那只最大、最强壮。母猫一共生了六胎，每一胎都有五只幼崽，每一胎的第一只小猫都被她咬死，因为他的降世害她痛不欲生。除去这一点，她其实是一个好妈妈。

小猫们的父亲是一只大块头黑猫。当母猫处于发情期时，她会跟着公猫在院子里翻滚嬉戏，而在其他时候，公猫都是坐在木梯的最下面，母猫坐在梯子的最上端，各自舔着各自的毛。

她不喜欢公猫进到家里，她会把他赶出去的。等到小猫渐渐长大，能找得到下到院子里的路时，他们就会学妈妈的样儿坐在木梯上，一只、两只、三只、四只，全都是一样的黑白小花猫，有点畏惧地瞅着那只正在注视着自己的大公猫。最后，母猫带头走下木梯，翘着尾巴，看都不看黑公猫一眼。小猫们跟着妈妈，依次经过他的身边。到了院子里，母猫教孩子们如何清理自己的皮毛，公猫在一旁看着。接着，母猫再次带头上楼，小猫依次跟在妈妈身后，一只、两只、三只、四只。

小猫们也只吃嫩煮的牛肝和鳕鱼，对这一点，我决定隐瞒下来，不告诉将来可能收养他们的人。

老鼠，在猫妈妈和孩子们的眼中，只是一件好玩的东西。

我的公寓里有一个特殊设计，我在伦敦其他任何地方不曾见过。有人从厨房墙上抽走十几块砖头，在墙面安了一扇铁窗，在墙上做了一个小门，这样，厨房墙上就有了一个类似食品柜的东西。你可能会觉得这种柜子不卫生，但它却可以代替一种早被淘汰的必需品——食物橱。这样，面包和奶酪就能被保存在一个相当凉爽，无须冰箱，还能保持原有湿润度的地方。但是，这个小小的食物橱招老鼠。老鼠的窝就在墙内，多年的生活历练，使它们抛弃了对人类的畏惧之心。要是我突然走进厨房，撞见一只老鼠，这只老鼠会睁着亮晶晶的眼睛看着我，等着我出去。如果我不走，也不出声，它便装作没看见我，继续找吃的。要是我冲它大喊一声，或者朝它扔东西，它就溜进墙里，一点儿都不慌张。

我没法用捕鼠器对这些信任人类的小东西下手，但觉得让猫来对付它们，还是公平的决定。可是，我家的猫对老鼠竟然视而不见。一天，我来到厨房，看见母猫趴在厨房桌上，盯着地板上的两只老鼠看。

或许，等她有了小猫，她真正的天性就能被唤醒？没过多久，她产崽了。等小猫们长到可以自己下楼活动的时候，我把母猫和四只小猫全部放进厨房，取走所有的固体食物，关上门让他们在厨房过夜。天快亮的时候，我下楼喝水，打开厨房的灯，却看见母猫仰卧在地上，正在喂小猫吃奶，一只、两只、三只、四只，全在吃奶。就在距离他们几英尺的地方，一只老鼠突然坐了起来，吓到它的是突如其来的灯光，而不是本应为天敌的猫。老鼠甚至逃也懒得逃，静候我走出房门。

我的猫喜欢与鼠做伴，或者说她肚量大，不与老鼠计较。这只敌友不分的猫还让一楼的那只笨狗对她缴械投降。当时这只狗正打算逮她，而她显然不知道狗是敌人，一边绕着它的腿兜圈圈，一边咕噜咕噜地撒娇，狗立刻心软，放她一马。自此，这只笨狗成了她的朋友，也成了她的孩子们的朋友。但有一次，这只天不怕地不怕的猫，却被一次突降的黑暗差点儿吓破了胆。如果说猫是夜行动物，那么面对黑暗，她理应司空见惯、泰然自若才对呀。

那天下午，夜幕突然降临伦敦。我正站在厨房窗旁，陪一个访友喝午后咖啡。空气骤然间变得又脏又黑，街上灯光随后亮起。从明晃晃的白天到黑漆漆的夜晚只花了十分钟的时间，甚至还要更短。大家登时全都慌了神。是我们感知时间的能力莫名消失了吗？是那颗原子弹终于在某处爆炸了，污浊的蘑菇云笼罩了地球的上空？还是分布在这座美丽小岛上的哪家死亡工厂，不慎泄漏了毒气？总之，今天是我们的末日吗？没有任何讯息。我们只能站在窗边，望着外面。窗外是一片阴沉、令人窒息、如同硫黄一般的天空，那颜色黄中带黑、黑中杂黄。空气呛得人喉咙发疼，就像待在一个刚刚爆破的矿坑里似的。

周围一片死寂，每次遭遇危机，这种寂静的等待便是灾难降临伦敦的第一个征兆，让人惶惶不可终日，最为难熬。

此刻，我的猫坐在厨房桌上，浑身战栗不止，不时叫上一声，那叫声不是平日的喵喵声，而是一种哀鸣，好像在用幽怨的语气发出询问。我把她抱在怀里安抚她，她却挣脱我的怀抱，跳到地上。她没有一溜烟蹿往楼上，而是匍匐着身子慢慢地爬行，一上楼便躲进床底，趴在床下哆嗦个不停。真的是猫的身子狗的性子！

过了半小时，天空中的黑云消散了。几股风向相异的气流，将城市散发出的污浊废气团团围住，困在一层静止不动的空气中，使其无处可逃。这些废气平时都是飘往高空，慢慢消散的。后来，一阵大风吹来，才将那团废气裹挟而去，整个城市又可以正常呼吸了。

我的猫在床底下待了一整个下午，我费了好大劲儿才把她哄骗下楼。在干净清新的傍晚光线中，她坐在窗沿上，静静望着夜幕一点一点落下——这回是真正的黑夜。然后，她舔了舔因受惊而变得蓬乱的猫毛，将它们理平后喝了些牛奶，这才缓过气来。

就在我搬离这个公寓之前的周末，恰好有事儿需要外出两天，我把猫托付给一个朋友照看。等我回来时，她却躺在了兽医那里，她的骨盆摔裂了。我家公寓顶楼有一扇高高的窗户，窗外是一个平屋顶，她经常坐在那儿晒太阳。不知怎么回事，她从三层楼高的屋顶上摔了下来，落到房前的一片空地上。她肯定是受到了什么惊吓。不管怎样，我们都得想办法结束她的性命，因此我认定，让猫待在伦敦就是个错误。

我的下一个住处根本养不了猫。那是一栋公寓楼，一共六层，一层一套小公寓，有一道冷冰冰的石楼梯。没有院子，也没有花园。最近的一处空地大概就是半英里外的摄政公园吧。也许你会想，这个地方不适合养猫，可是，有只很大的黄色玳瑁猫正装点着街角杂货店的橱窗。店老板说那只猫都是独自在店里过夜；他外出度假时，就把她赶到街上，让她自己觅食。跟他理论是没有用的，反而会遭他抢白："你看这只猫健不健康，快不快乐？"的确，她看起来既健康又快乐。再说，整整五年了，人家不是都活得好好的嘛。

曾经有一段日子，一只大黑猫把家安在了我们这座公寓的楼道里，他显然是只无主的猫。他希望自己能够属于我们当中的一个。他总是坐在门口等大门打开，看到有人进出，就会试探性地喵喵叫上两声，好像已经遭到过多次拒绝一样。他喝了些牛奶、吃了些剩菜，就在人的腿边打转转，求人收留他，但他的态度并不坚决，或者说本来就不抱希望。没有人收留他。问题摆在那儿——处理猫粪便是件麻烦事儿。谁也不愿意端着臭烘烘的盒子，在楼梯上跑上跑下，把他的粪便倒进垃圾桶里。

何况，收养他会惹房东不高兴的。更何况，我们宽慰自己，他可能是某个店家养的猫，只是上这儿玩的，所以我们只给他提供吃的。

白天，他不是坐在人行道上，看着车来车往，就是换着身份在各家店铺转悠：时而是城市老猫，时而是温柔的猫，时而是率真的猫。

街角有三个果蔬摊，摊主是三个老人：一胖一瘦的两个兄弟和胖子的胖老婆。三个人的个头都很矮，身高大约五英尺，喜欢说笑话，笑话的内容又总跟天气有关。大黑猫来到他们的摊点时，会坐在一个摊位下，吃点他们的三明治。矮胖哥哥的女人，也是矮矮胖胖的，脸颊总是红通通的，红得发黑。她说她想把猫带回家养，又怕她养的蒂比不开心。矮瘦弟弟一直没结婚，跟哥哥一家住在一起，他开玩笑地应她，说可以把猫带回家做伴，保护他不被蒂比欺负，没老婆的男人需要猫的陪伴。我想他本来是会把黑猫带回家养的，谁料他突然中暑死了。这三个老人，不管气温高低，身上总是裹着一大堆衣物：围巾、夹克、毛衫和大衣。矮瘦弟弟呢，明明已经穿了一堆衣服，外面还总是披着一件大衣。只要气温超过五十五华氏度，他就会抱怨该死的热浪，把他给热坏了。我曾建议他少穿一点儿，会舒服很多，但他显然不习惯别的穿衣方式，因为那样他会很不自在的。这一年，晴天持续了好长一段日子，伦敦遇上了真正的热浪。每一天，我下楼来到大街上，看到街上的人们个个身着夏装，开开心心，非常友好。可那几个老人依旧把头巾、围巾、毛衫裹在身上。老太太的脸颊越发红了。他们不停地拿炎热的天气开涮。猫就躺在摊贩脚边的阴凉处，身旁是掉落的李子和发黄的生菜叶。就在热浪袭来的第二个周末，那个单身汉弟弟中暑死了，因此猫拥有家的机会也被夺走了。

有几周时间，猫撞上了好运，在酒吧里大受欢迎。可能是因为露西，那个住在公寓一楼的妓女，晚上她都会光顾那间酒吧。她带着猫一起去，坐在吧台角落里的高脚凳上，猫就待在她身旁。她是一位平易近人的女士，酒吧里的人都很喜欢她，所以她带来的每一位客人也都很受欢迎。每次我到酒吧买烟或酒时，都会看到露西和猫坐在一块儿。她的仰慕者很多，各个国家的都有，老顾客、新顾客，年长的、年轻的，都争着替她买单，还一致起哄，要老板和老板娘拿牛奶和薯片给猫吃。可是，没过多久露西就不再带猫去酒吧了，肯定是酒吧里的人对猫的新鲜感消退了。

随着冷天的到来，天也黑得更早了，猫经常在大门关闭之前早早地爬上楼梯，在没有铺地毯的冰冷楼梯上，尽可能找一个稍微暖和的地方睡觉。遇到十分寒冷的夜晚，我或者别的住家会让猫到家中过夜，早晨他会在我们脚边摇着尾巴表示感谢。再后来，大黑猫不见了。大楼管理人员还很嘴硬，说他把猫送到皇家防虐动物协会给弄死了。一天晚上，猫等了好几个小时都没人给他开门，实在憋不住了，就在楼梯上大便。管理人员说，他已经忍无可忍了，清理我们住户的卫生就已经够呛，还要替猫打扫卫生，没门儿。

第三章

我刚搬进的地方简直就是猫的国度。那里的房子已然历经沧桑，周围有些四面环墙的小花园。透过后窗放眼望去，两侧皆是一排排高墙，大小高低各不同。树木青葱，草坪碧绿，灌木丛生。在那里，还有个小型歌剧院，其屋顶高低错落。猫在这儿繁衍生息，人丁兴旺。高墙，屋顶，花园，总有他们活跃的身影。他们的生活实在让人捉摸不透，神秘感十足，跟邻家孩童一样，满脑子匪夷所思的小心思，让大人们无法揣度。

我早就料想到，这里日后会有一只猫。就好比一座房子过于宽敞，就会有更多人搬进来住一样，有些地方一看就很适合养猫。然而有一段时间，各种各样、品种不一的猫来到我家，这闻闻、那嗅嗅地“侦察”地形，都被我一一下了“逐客令”。

1962年的冬天，寒风刺骨，冷得可怕。一只黑白老公猫，常出没于花园和后阳台的屋顶。他在屋顶湿滑的雪中席地而坐，在冰天雪地里逡巡觅食，等到我家后门开了，他只是蹲坐在门外，看着屋内暖意袭人。他真的很不好看，一只眼睛有块白斑，一只耳朵满是伤痕，嘴总是微微张开，流着口水。但他并不是流浪猫。他在这条街上有一个舒服的家，可他为什么不住那儿，谁也说不出理由。

英国人的抗寒能力本就不可小觑，然而这样的寒冬，即使对耐寒的英国人，显然也是一大考验。

这些房子大多是伦敦工商会的房产。天气转寒的第一周，水管都爆裂结冰了，人们没有生活用水。因为整个水管都被冻住了，有关部门就在街角开了一处总管供水。接下来的几周里，妇女们穿着室内拖鞋，提着桶桶罐罐，走过被一英尺高的积雪覆盖的街道，跋涉至此取水。穿拖鞋是为了保暖。人行道上的积雪、冰块无人清理。供人们取水的水龙头偶尔会出故障，没法出水。从人们口中得知，整整一周都没有热水，要用热水就得用自家炉子烧。就这样，熬过一周又一周，转眼一个多月就过去了。热水澡自然是洗不了的。大家都交了房租，付了水费和热水费的，为什么不投诉呢？当问及这个问题时，他们说，伦敦工商会是知道水管爆裂的，但一直置之不理。伦敦工商会称，水管每逢冬季就会爆裂，老毛病了，像打不破的魔咒一般。他们的语气相当悲惨，但又流露出浓烈的满足感，就好像举国上下都在遭灾，而他们也必须共克时艰一般。

街角有一家店铺，一个老头、一个中年妇女以及一个小孩就在那里面度过了这个寒冬。冷库设定的零下低温都远不及店里让人冷得钻心刺骨。店门总是开着，正对着屋外冰冷的雪堆。店内没有供暖。那个老头患上了肋膜炎，在医院里躺了整整两个月。出院后他便元气大伤，身体大不如前，只得在初春到来之际卖掉店铺。那小孩坐在水泥地上，冻得哇哇直哭，被母亲扇了几记耳光。孩子母亲站在柜台后面，穿着单薄的羊毛裙，脚上是一双男式袜子，上身披着同样单薄的开襟羊毛衫，涕泗横流，手指长满冻疮，嘴里不停抱怨着这该死的生活。她家隔壁住着一位老人，在市场当搬运工维持生计，不慎在自家前门滑倒，摔伤了后背，接连数周没有收入。在他住的那栋房子里，算上两个小孩，足足有九至十人蜗居于此，却仅有一个电暖炉来抵御酷寒。结果三人都病倒住院了，其中一个还得了肺炎。

爆裂的水管早已结满参差不齐的冰柱，人行道更是一条“滑冰道”，有关部门却依旧置身事外。再看看中产阶级的街道吧——在那里，雪一落地就会被清扫干净。每当有怒不可遏的市民提出维权的要求，并威胁进行法律诉讼时，相关部门就会刻不容缓地做出回应。而在我们的地区呢，人们只能默默忍受，等待春天的到来。

这里的人们和一万年前的穴居人别无二致。他们外出的欲望被严寒打消了，个个蜷缩在家中等待冬天过去。严冬之下，一只老猫偏爱在冰冷屋顶过夜的怪癖，也就无法引起人们的谈兴了。

在那年冬天过了一半的时候，有人送了朋友一只小猫。他们朋友家的暹罗猫和街上的土猫生了一窝小猫。这些小猫都得送人。我朋友的房子简直是个弹丸之地，两人又都是上班族。可是，当他们见到小猫时，瞬间就被俘获了。第一周里，他们用罐头龙虾汤和鸡肉冻喂养小猫。然而小猫的到来也将他们原本甜蜜和谐的二人世界破坏殆尽。因为小猫非得睡在男主人H的下巴底下，要么就得紧紧依偎在他身边才安心。他的太太S

打电话过来抱怨，说她简直是柯蕾特[1]笔下的妻子的现实版，她的丈夫就快“移情别恋”到一只小猫咪身上了。到了周一，他们又得离家上班去了，只留下她“孤身一猫”待在家里。下班回家后，发现小猫喵喵地不停哭叫着，甚是悲戚。一整天无人问津的滋味确实难受。夫妻俩说要把她送给我们，他们说话算话，现在小猫已经在我家了。

小猫只有六周大，长得十分可爱，娇小而美丽，像是从童话里走出的梦幻猫咪。暹罗猫的特征在她的脸型、耳朵、尾巴以及优雅的身体线条上展露无遗。她的背部长着虎斑花纹，从上方或者背面看过去，灰色和奶油色相间，真是一只漂亮的虎斑小猫。她的前胸和肚子，是一抹若隐若现的暗金色，即暹罗猫特有的奶油色；脖子两侧有些短短的黑色斑纹，脸部像是用铅笔画就的，到处都有黑色——眼睛周围环绕着一圈漂亮的黑色，脸颊也涂上了精致的黑条纹，小小的奶油色鼻尖，粉嫩粉嫩的，外围也勾勒了一圈黑线。纤细的前腿向前伸展开，她就那样坐着，身上流露着一股难以言说的异国风情，美丽而狂野。这个小家伙静坐在黄色地毯中央，我们五个像超级粉丝般将她

---

1 柯蕾特（Sidonie-Gabrielle Colette，1873—1954），法国20世纪上半叶的杰出女作家，代表作有《松鼠》《三、六、九》等。

团团围住，她却也泰然处之，毫不畏惧。然后她起身，慢慢巡视整个楼层，仔细检查每个角落，最后一跃而起，跳到我的床上，钻到被子底下，毫不拘束，显然是认可这个新家了。

S和H离开时S说道:“长痛不如短痛，否则我连丈夫都没了。”

H则哀叹连连，万般不舍，说每天被这温暖的粉色小舌头舔醒，简直是世界上最美妙的事情。

应该说小猫是跳下楼的比较恰当，因为每一层台阶足有她身高的两倍：她先是前腿跨，再用后腿跳，如此反复，下得楼来。她仔细侦察了一遍一楼的环境，见我给她准备的是罐头食品，不肯用餐，还喵喵喵地向我讨要猫砂盆。猫砂盆里放木屑，大小姐还不乐意，不过碎报纸她倒是能勉强接受。看她那副挑来拣去的架势，好像在说：要是实在没别的可用，我就将就一下吧。确实没别的可用，外面的泥土早已冻得跟石头一样硬了。

她不肯吃猫罐头，宁死不吃。但我也不打算拿龙虾汤和鸡肉冻供奉着她。最后我俩各让一步，她今天的伙食就是碎牛肉。

她总是对食物要求严苛，简直到了吹毛求疵的地步，跟个单身美食家毫无差别。而且她越长大，就越挑食。当她还是个小不点儿的时候，就已经懂得用不同方式表达情绪：心情愉快时就开怀大吃，闷闷不乐时就只吃一半，成心要脾气时就碰都不碰。她的饮食习惯就是门丰富生动的语言，相当具有说服力。

我转念一想，她会这样，可能是因为她很小就与妈妈分离的缘故。请允许我在此谦恭地向猫类专家们提出一己拙见，他们认为小猫在六周大左右就可以离开猫妈妈的观念，可能是错误的。这只小猫离开妈妈的时候，不多不少刚好六周。她对食物的那种讲究程度就像一个不肯乖乖吃饭的孩子一样，源自对食物神经质般的敌意和猜疑。她知道自己必须进食，也的确吃了东西，但是她完全是为了吃而吃，从来没有真正享受过进食的乐趣。她的身上还有一个特点和自小缺乏母爱的人类相同：直到现在，她都会本能地往那些能藏身的东西里头钻，报纸啊、箱子啊、篮子啊什么的。还有，她敏感得要命，老是觉得别人在羞辱她，动不动就生闷气。此外，她还是一个容易受惊的胆小鬼。

七八周以后才离开妈妈的小猫，一般不怎么挑嘴，也更自信。但是，这样的他们自然就没那么有趣了。

我的这只小猫，从来只肯睡在床上。她总是先等我上床躺下，然后在我身上爬来爬去，考虑今晚该睡在哪儿。考虑的结果就是立刻钻进被窝，或趴在我脚边，或蜷在我肩头，或者干脆钻到枕头下面睡觉。要是我睡觉不老实，她还会不高兴，气哼哼地不停调换位置来宣泄自己的不满。

我铺床的时候，她特别乐意让我把她盖在被子下，开开心心地待在里面，有时一待就是好几个小时，从外面看上去像个小鼓包。如果你轻轻摸摸这个小鼓包，她总会十分配合地咕噜咕噜或喵呜喵呜地哼唧两声，而且不到非出来不可的时候，她是决计连小脑袋都不会探出来一下的。

这鼓鼓的小包在床上动来动去，移到床沿时还稍稍迟疑一会儿。若是掉到地板上，她会惊慌地连连惨叫。出于自尊，她会赶紧把自己的毛舔平，还用黄眼睛斜睨着那些胆敢嘲笑她的坏蛋。仪容整理妥当之后，她又趾高气扬地走向某个舞台的中心。

该去进行那吹毛求疵、挑剔万分的进食仪式了；该去猫砂盆里进行一场姿态优雅的如厕表演了；该去把一身奶油色的高贵皮毛梳理整齐了；哦，对，该去玩儿了。她啊，玩也不是为了自娱自乐，只在有人观赏的时候才会去表演一番“玩耍秀”。

她就像是一个除了美貌外毫无特点的漂亮女生，目无他人，只在意自己的一举一动：似乎总在对着某台隐形的摄像机调整表情和姿态——这只猫的表情怎么这么到位，像个面具一样完美；哦，得了吧，这不是我还能是谁，瞧瞧这迷倒众生的傲人双峰，再瞅瞅这时刻提防周遭爱慕眼神的愠怒双眸。

要是把我家的猫比作人的话，她已经到了会用服饰和发型来武装自己的年龄了，但她相信，只要自己愿意，随时可以回到那娇宠任性的童年时期。因为只要她感觉到自己扮演的角色变成了重负，对精心打扮、像公主似的在屋子里走来走去腻味了，没兴趣了，她就会钻进报纸或坐垫下面，安心地观望着外面的世界。

只有在身边有人观看时，她才会施展出自己最拿手的绝活：四脚朝天地躺在沙发底下，用小爪子扒拉着沙发前进。她会先飞快地往前冲几步再停下来，歪着她那优雅的小脑袋，眯起黄色的大眼睛，等着喝彩声响起。“哇，好漂亮的小猫咪啊！好可爱的小动物呀！好聪明的小猫呀！”然后她才会继续表演。

有时，她会选一个恰当的背景，比如黄地毯、蓝垫子之类的东西，躺在上面慢悠悠地打着滚，缩起前爪，头朝后仰，好露出奶油色带斑点的胸腹，就像一只身上带着小黑斑的漂亮小花豹，花豹中最娇艳的玫瑰。“哇，好美的小猫啊！你真是太美啦！”只要有人夸赞，她就会一直保持这种姿势。

有时她会选中屋后的阳台，坐在小花架上，上面摆着栽有水仙花和风信子的陶罐。她才不会容许自己待在一张毫无装饰的餐桌上呢。她坐在蓝白色花朵间，等待着有人注意到她并向她投射爱慕的眼光。她的爱慕者当然不止我们，还有那只得了风湿病的老公猫。他总是在花园里的冰地上逡巡着，冷冷地提醒我们还有一种艰难得多的生活。他瞅见了玻璃后面那只半大不小的漂亮母猫，而她也注意到了他。她仰起小脑袋，偏过来，再歪过去，咬下一小截风信子丢到地上，漫不经心地舔着自己的毛，然后倨傲地朝后面瞥了一眼，跳下花架进了屋，离开他的视线。我们上楼时，窝在主人臂弯或肩头的她，会往窗外瞄一眼，那只可怜的老猫，待在外面一动不动，有时我们都以为他肯定活不成了，被冻死了。午间，太阳暖和了一些，我们又看见他坐在一旁舔毛，这才松了一口气。有时我家小猫会坐在窗边看他，但她的活动范围依然局限在主人的臂弯、床上、垫子下和一些有人类生活的区域。

而后春天来临，后门大敞。谢天谢地，猫砂盆终于光荣下岗了！后院也就顺理成章地变成了我家小猫的领土。她已经六个月大了，从自然的角度来说，已经出落成熟了。

那时的她俊俏得不得了，堪称完美，甚至比我早几年信誓旦旦说再也找不到一只能与之比肩的猫还要美。不过，她终究还是比不过那只猫，那一只的性格是真的好，聪明伶俐，高贵优雅，温和柔顺，所以，也就应了童话故事和老太太们的话，注定是红颜薄命。

我们家这只公主小猫呢，嗯，美则美矣，却是个自私鬼，对这一点我丝毫不想掩饰。

公猫们在花园墙上排着长队，首先登场的是那只不畏严寒的阴恻恻的老猫——此处花园之王。接着是隔壁那户人家养的一只英俊的黑白花猫，从外表看，他应该是那只老猫的儿子。然后是一只浑身伤疤的虎斑猫。还有一只灰白相间的猫，显然他认为自己无取胜希望，所以干脆一直蹲在墙头，隔岸观火。最后是一只老虎般神气的年轻公猫，明眼人一看便知，我们家的小公主芳心已许。但这事儿可由不得她，老国王从无败绩。每当她翘着尾巴到外面遛弯儿时，她总是懒得搭理其他公猫，眼睛直勾勾地盯着那只帅气小老虎。小老虎从墙头纵身一跃想迎接她，但只要那只躺在墙上的老家伙微微一动，这只年轻公猫就会吓得赶紧蹿回墙头，以免引火烧身。这种状况持续了好几周。

在这期间，H和S来探望过他们以前的宠物。S连连感叹，我们公主的终身大事竟然不能自己做主，真是太恐怖，太不公平了！H却说这本来就是亘古不变的法则：公主配国王，管他是老还是丑。你看他多高贵多气派呀！H说，你看他多么风度翩翩啊！而且就凭他不惧漫长寒冬的本领，赢得这只年轻美丽的母猫也无可厚非。

那时，我们替那只丑猫取了个名字，叫靡菲斯特[1]（听说他在自己家里叫比利）。我们家的猫有一大堆爱称，却没有一个固定的名字。梅丽莎和弗兰妮、玛丽莲、萨福、赛斯、艾莎或苏泽特。但在我们和她交谈时，特别是用充满爱意的语气时，她尤其兴奋。听到我们故意拖长音节的赞美词汇：好——漂——亮，好——甜——蜜，她会配合地喵喵叫，从喉咙中发出咕噜咕噜的声音。

有一个夏季，天气异常炎热。在一个炎热的周末，也是我唯一记得的一个周末，她发情了。

H和S周日上我家吃午饭，我们一同坐在后阳台上，欣赏大自然的选择。这种选择是我们无法插手的，同样，我们家的猫也不行。

这场战斗整整持续了两个夜晚，场面惊心动魄，猫儿们在草地中哭号吼叫，惊声尖叫。在此期间，阿灰就坐在我的床脚

---

1 靡菲斯特（Mephistopheles），与歌德名著《浮士德》中的魔鬼同名。

边，眼睛向黑暗中凝望，双耳竖起并微微颤动着，尾巴尖端晃动的程度因战况不同而略有不同。

那个周日，我们只看到了靡菲斯特一只公猫。阿灰在花园里兴奋地翻滚了一通，接着跑到我们跟前，忽而绕着我们的腿打转，忽而轻咬我们的脚面，然后又跑到花园尽头的大树下，扒着树干蹿上蹿下。她不断打滚、叫喊、呼唤，并发出邀请。

“像她这样欲火焚身，不知羞耻，我这辈子还从未见过呢。”S盯着H说道，而H却满眼爱意地看着我家的猫。

“可怜的小猫咪，”H说，“如果我是靡菲斯特，我是不会这么狠心对待你的。”

“天啊，H，”S说，“你太恶心了，连这种话都说得出口，没人相信你会说这样的话。我早就说过，你是个恶心的家伙。”

“你老这么说我，我已经听习惯了。”H一边说一边爱抚着那只眉开眼笑的猫咪。

天气真的热得不行，我们午饭时喝了许多酒，这出求偶的戏剧就这样持续了整个下午。

最终，靡菲斯特从墙上跳下来，走向不断蠕动和打滚的阿灰——哎，老天，他竟然如此笨拙，搞砸了。

“我的天啊！”H说，他是真的很难过，“竟然有这种事，这样的行为简直不可原谅。”

S气恼地看着我们的猫遭受痛苦，然后不停地用夸张的口吻大声地提出疑问，为了肉体的欲念，这样付出到底值不值得。她说：“看看，就和我们一样嘛。”

“哪儿跟我们一样了，”H说，“这该死的靡菲斯特，就该一枪把他毙了！”

“那就赶快毙了他呀，”我们异口同声地说，“至少把他关起来，让隔壁的小老虎有机可乘。”

可是，那只英俊年轻的公猫却不见了踪影。

我们继续喝酒，阳光持续照耀着我们，我们的小公主不停地舞动、打滚，沿着树干蹿上蹿下，最后，一切终于顺利进行了，老国王一次一次地趴在她身上。

“这一切都太失常了，”H说，“他太老了，真的配不上她。”

“上帝啊，”S说，“我得马上把你带回家，不然的话，你会自己跑上场，和猫亲热的。”

“噢，我倒希望我能呢。”H说，“多么精巧的小兽，多么可爱的生灵，简直就是一个公主，当猫实在是太可惜了，难过死我了。”

第二天，冬天又回来了，花园里又凉又潮，阿灰又恢复了她那副难以取悦的傲慢模样。绵绵细雨中，老国王趴在花园的墙上，他仍然是猫群中的霸王，他在等待着新的挑战。

第四章

怀孕并未对阿灰产生多大影响，她仍然在花园里奔跑嬉戏，上树下树，反反复复，乐此不疲。对她而言，游戏的高潮就是她抓紧树干，回过头来，半眯着眼，接受喝彩之时。她会下楼时一次蹦下三四层台阶，或扒着沙发下面向前滑行。她知道，任何人第一眼看见她时都会惊为天人，忍不住夸赞：天哪，多漂亮的猫咪啊！因此，每当家有访客，她总是待在大门附近，摆出最美的姿势。

过了一段时间，她想钻过楼梯栏杆的空隙，跃至底下的阶梯，却尴尬地发现自己钻不过去了。她又试了一次，结果还是一样。她觉得很丢脸，赶紧假装自己没钻过栏杆，故作高兴地绕道走到楼梯拐角，然后一步一步走下楼梯。

她上下树的速度变得越来越慢，后来索性不玩这个游戏了。

当发现小猫在她腹中胎动时，她显得又惊又恼。

通常情况下，猫在生产的前两周，会在橱柜里或是房子的角落里嗅来嗅去，仔细检查，精心挑选最合适的生产之地。但这只猫妈妈却不同，对这件事她竟然毫不上心。我把卧室一个橱柜里的鞋都清理出来，然后领她去看了这个地方——既安全隐蔽，又黑暗舒适。她走了进去，却又立刻走了出来。我又替她张罗了几个地方。看来，她并非不喜欢我给她准备的“产房”，而是她好像根本不知道自己即将产子。

就在她分娩前一天，她还在椅子上的旧报纸上打了个滚，她只是滚习惯了，下意识的，没有什么目的。也许是她体内的某些东西，比如激素这样的玩意儿，发出指令要她这么做，她只是听从指令，其行为与准妈妈们应具备的重要常识毫无关系，或者说似乎无关，因为她只滚了一次就停住了。

在生产的那一天，她大约阵痛了三小时，才知道自己好像不太对劲。她坐在厨房地板上，喵喵叫着，听起来很是惊慌。我命令她上楼到橱柜中去，她听从了我的话，却不愿意待在橱柜里头。她在屋子里不知所以地到处乱窜，嗅来嗅去，到了这个关头她才临时抱佛脚。她忙活了一阵子，觉得没劲了，又下到厨房里来。她的疼痛减轻了或者是她被疼麻木了，居然忘了临盆在即，准备开始过“正常猫”的生活，恢复她那骄纵任性、备受宠爱的小猫样儿。毕竟，人家现在仍是一只没长大的猫嘛。

我把她抱上楼，让她待在橱柜里。她很不情愿，瞧她的样子好像没有半点儿临盆母亲的正常反应。说实话，她的样子真的既可怜又可笑——真的很可笑，我们差点儿就要放声大笑了。当她的宫缩变得更加剧烈和频繁时，她勃然大怒。在痛得最厉害的时候，她就撕心裂肺地喵呜喵呜尖叫，她其实是在表达满腔的不满和恼怒。她在生我们的气，认为我们串通好了，故意整她。

看母猫产下头胎的过程，令我回味无穷、感慨万千。当那个不断蠕动的小东西，从包裹他的白膜中探出头来时，猫妈妈会立刻舔去他身上的白膜，咬断脐带，吃掉胞衣。虽然是初次为母，但这一系列动作完成得干净利落，毫不拖泥带水，如此高效，简直完美。当然，刚开始时，猫妈妈会有片刻的迟疑。后来，刚出生的小猫躺在母亲的背后，阿灰用陷入困境想要逃离的眼神，看了一眼这个依偎在她身边的新玩意儿；接着她又看了他一眼，还是不明白他是什么东西。紧接着，大自然的机制开始运作，她乖乖配合，顺理成章地做了母亲，开始冲孩子咕噜咕噜地叫着，感觉很是幸福。

她会长时间地看着小猫，用时之长，我第一次看见。她看看小猫，又瞅了瞅我，身子轻轻移了移位置，看看能否摆脱那些黏着她的东西——然而大自然的机制又开始发挥作用了。她一边咕噜咕噜，一边替小猫清理卫生，做一切母亲应做之事。然后她起床，下楼，来到后阳台，坐在那儿看着花园。她似乎在想：那一切都结束了。接着，她两侧的身体收缩了一下，然后转身看着我——她很恼火，很生气。她脸上的表情、身体的每一根线条分明在告诉我：该死的讨厌鬼！我命令她：快！快上楼去！她离开了阳台，但一肚子不满。她在楼梯上爬着走，耳朵贴着脑袋——那模样跟挨了骂或失了宠的小狗一般无二。可是，她可没有半点狗类摇尾乞怜的可怜相，相反，她是在气我，在气自己为什么要经历那个过程。但是，等她再次看到第一只出生的小猫时，立刻就认出了她，而大自然的机制又一次发挥作用，她又开始替小猫舔毛。她总共产下四只小猫，生完后便沉沉睡去。美丽的母猫蜷起身子拥着四只正在吃奶的小猫，多动人的画面！她的孩子个个都长得很好。老大是只母猫，长得跟她一模一样，甚至她的眼睛周围也有一圈像是用铅笔勾勒的黑圈，小猫胸膛和腿上的黑色短纹，以及带着淡淡斑点的奶油色腹部，活脱脱就是她的翻版。老二是一只蓝灰色的小猫，不过后来我们发现，在某些特定的光线下，蓝灰色会变成深紫色。老三是一只长着一双黄色眼睛的小黑猫，长大后肯定非常英俊，既潇洒倜傥又充满力量。最后一只是黑白花猫，随了他父亲的样儿，长得有些粗壮，不怎么文雅。先落地的三只小猫，多多少少都带有一些暹罗猫的特征。

猫妈妈醒来以后，看了看正在沉睡的小猫，接着就站起来舒了舒筋骨，再慢慢溜达到楼下。她喝了一些牛奶，然后吃了点生肉，将猫毛舔干净。她没有再回到孩子们的身边。

S和H过来看小猫时，猫妈妈正侧身躺在楼梯下，摆着一个美美的姿势。后来她冲出屋子，蹿上树又溜下来——就这样，玩耍了好几遍。再后来，她又爬上顶楼，钻出楼梯栏杆，纵身一跃跳下一段楼梯，就这样一路跳到楼下，然后跑到H身边，绕着他的腿咕噜咕噜地打转转。

"你已经是一个妈妈了，为什么不和你的宝宝在一起呢？"S吃惊地问。

看来她已经把宝宝们忘到九霄云外了。由于某个令人费解的原因，她不得不去做一件烦人的事儿，如今她已经完成了任务，一切都结束了，可以到此为止了。她在屋里又蹦又跳，玩得不亦乐乎，都到深夜了，我叫她上楼，她还不想走。我抱起她，把她带到小猫身边。她大大咧咧地走到孩子们中间，却不肯躺下来喂他们奶喝。我强迫她躺下，可是我一转身她就立马跑路。我只好坐在旁边，监督她喂小猫。

然后我去梳洗准备上床睡觉，等我回到卧室时，却发现她已经躺在我的被窝里睡着了。我把她抱回小猫身边，她把耳朵贴到脑后，满脸不悦地瞅着他们。要是我没站在一旁盯着她，摆出一副没得商量的权威架势指着小猫们，她肯定又会立刻走人。她走进猫窝里，扑通一声坐下，仿佛在说：得了，就依你吧。不过，等小猫一咬住她的奶头，她那不怎么有效的母性本能又开始起作用了，她再次幸福地发出咕噜咕噜的声音。

整个晚上，她老是溜出橱柜，跑到我床上，睡在她的老地方。每次我都强迫她回猫窝。可是等我一入睡，她又偷溜回来，任由小猫在那里喵喵哭叫。

到了早晨她才恍然大悟，自己有责任照顾小猫。还好有她那位伟大的母亲大自然一直出手干涉，不过即便如此，她有时还是会让他们挨饿。

第二天，我们正在吃午餐的时候，猫妈妈突然跑进来，嘴里叼着一只小猫甩来甩去。她把小猫放在地板中央，又上楼去叼其他小猫。她把四只小猫全都叼下来，然后四仰八叉地跟他们躺在一块儿。她已经打定主意，才不要自己孤零零地待在楼上呢。在小猫无法自由行动的那一个月里，家里人不管是待在家里的什么地方，都会看到阿灰叼着小猫一路小跑过来，她把小猫叼在嘴上，甩过来又甩过去，那副无所谓的样子实在令人害怕。夜晚，无论我何时醒来，她总是安安静静地待在我身边，希望我发现不了身边的她；看到自己被我发现时，她便冲我咕噜咕噜地撒着娇，希望我会心软下来，然后又是舔我的脸，又是轻咬我的鼻子。可惜这些手段对我全都没有用，我命令她回去，她也只好垂头丧气地走了。

总而言之，她这个妈当得糟糕透顶。我们想着，应该是她年纪轻轻就当妈的缘故吧。这窝小猫才刚出生一天，她就把他们当作四五周大的小猫，想着跟他们玩游戏。她会用自己那粗壮的后腿，把眼睛还没睁开的小猫崽儿踢来踢去；她会要小猫跟自己玩互咬游戏，而小猫只是想拼命含住好不容易才吸到的奶头。好可怜的小猫；我们大家都很生她的气，但又忍不住捧腹大笑起来，这下糟糕了，犯了她的大忌，因为她这辈子最不能容忍的就是被人嘲笑。

这第一胎小猫虽然惨遭妈妈虐待，但个个魅力十足，可以说是这个房子里有史以来最出色的一窝小猫，每一只都有各自独特的优点，甚至连那只老靡菲斯特的翻版也不例外。

一天，我来到楼上，发现老靡菲斯特在我的卧室里端详小猫们。阿灰自然不在屋里。他站在离小猫几英尺远的地方，伸着脑袋看着他们，像往常一样张着嘴，流着口水。不过，他无意伤害他们，他只是对他们很感兴趣。

这窝小猫因为太招人爱了，很快都找到新家。可是，他们之后的命运却很凄惨，在短短十八个月之内，全都惨遭不幸。那只跟母亲长得一模一样、人见人爱的小猫，有一天忽然失踪，从此下落不明。小黑猫也同样失去踪影。小靡菲斯特因为强壮勇敢，被抱去看管仓库，结果却染上猫肠炎而不幸丧生。小紫猫生了一窝小猫，是我这辈子见过最不可思议的小猫崽儿，其中三只是长着奶油色的毛发和粉红眼睛的完美暹罗小猫，另外三只却是邋里邋遢、像小布袋一样的伦敦土猫。小紫猫不知怎的沦落成了一只流浪猫，不过我们听说，后来她在隔壁街找到了新主人。

我们商议后决定，不能再让阿灰怀孕了，因为她根本不适合当母亲。可这个决定下得太晚了，她又一次怀孕了。不过，这次的猫爸爸不是靡菲斯特。

对猫贩子和偷猫贼来说，我们这个区域是远近闻名的猫国。我猜想，这些人开着车在街上瞎转悠，只要看到中意的、没有乖乖待在屋内的猫就抓走。他们的作案时间通常是夜黑风高之时。

只要一想到偷猫贼是如何使猫保持安静，免得他们惊醒失主时，我的心里就很不好受。街坊邻居都怀疑小偷是附近医院里的人，他们都说，这些猫被捉去活体解剖了，或许这并非空穴来风。不管怎么样，有一天晚上一下子失踪了六只猫，其中就包括靡菲斯特。如今，阿灰终于可以跟心上人在一起了，她的心上人就是那只胸口长着细缎般的白毛，像头小老虎似的年轻公猫。

这次分娩也把她吓了一大跳，不过她没花多长时间就坦然面对了现实。她一生产完就立刻站起来走下楼，并一直赖在楼下不走，只有我下命令逼她，她才不情不愿地上楼，回到小猫身边。但总的来说，我认为，这第二次的生产，让她领略到了当母亲的快乐。这一窝小猫比较普通，不是虎斑花色，就是白色和虎斑交错相杂，漂亮是蛮漂亮的，但颜色、花纹都没有特色，因此要为他们找到新主人会比较费事。

到了秋天，花园里的那棵大梧桐树开始凋零，小径上铺满了一层厚厚的褐色梧桐叶。当树叶从枝头飘落的时候，阿灰就趁机教她的四只小猫咪如何捕食、潜伏和跳跃。显然，她是让树叶充当了老鼠或小鸟的角色，上完课以后，她把他们领回屋里。其中有一只小猫，会认认真真地将他抓到的树叶撕成碎片，这一点完全遗传自其母：阿灰就会花上一个半小时的时间，有条不紊地用牙齿把一张报纸撕成小碎片。这难道就是暹罗猫的特色？我有个朋友养了两只暹罗猫，只要她的公寓里放有玫瑰，这两只猫就会把玫瑰从花瓶中叼到地板上，并将花瓣一瓣一瓣地扯下，仿佛在执行一项非做不可的任务。或许是因为在大自然中，树叶、花朵、报纸都可以成为他们筑穴搭窝的材料，猫们才有了这个习惯。

阿灰很喜欢教小猫们各种捕食本领。如果是在乡下，小猫们定可以在她的调教下，成为一流的捕猎高手。此外，她也教小猫们如何保持良好的卫生习惯。她的小猫们从来没有在家里随地大小便过。然而，虽然她自己很挑食，直到现在仍旧如此，却没兴趣把这个本领传授给小猫们，她由着他们自己去摸索。

这一窝小猫，仅有一只迟迟没有送出。因此那年冬天，我们养了两只猫，阿灰和她的儿子——一只颜色鲜艳的橘褐色公猫，有着和他父亲一样的皮毛。

阿灰好像又变回了无忧无虑的小猫，两只猫成天打打闹闹，玩成一团，就连晚上睡觉的时候也相互依偎在一起。这只小公猫的体型比他母亲大很多，却总受母亲欺负，只要哪里惹着了母亲大人，就要挨揍。有时候，一连几个小时，娘俩躺在一块儿，相互舔对方的脸，咕噜咕噜地说着话儿。

小公猫的食量大得惊人，几乎什么都吃。我们原本希望有了儿子这个好榜样，阿灰会不那么挑食，她却依然故我。像所有母猫一样，她也总是让孩子先饮水进食，自己蹲在一旁瞅着。等孩子吃完，她才走过去嗅了嗅猫食或剩饭，然后就朝我走过来，轻柔地咬咬我的小腿，提醒我，人家只吃兔肉、生肉或鲜鱼，记得切成小块，放在干净盘子里哟。

在享用这些她分内的餐点、享受她的权利时，她可就一点都不客气了，只见她气势汹汹地伏在地上，一边凶巴巴地瞪儿子，一边不慌不忙地享用美食。她极少把我给的食物全部吃光，总会留下一点儿，这本是乡下人的好习惯，然而换个角度看，我第一次意识到，阿灰这么做是一种恶意的挑衅行为。“我就不把这些东西吃完，我肚子又不饿，是你煮得太多了，吃不完浪费了也是你的错。”“我有那么多可以吃的东西，不稀罕吃这个。”“我是娇贵的高等动物，像食物这样的粗鄙之物，怎么能入得了我的眼。”最后一段话就是阿灰的肺腑之语。

小公猫吃掉母亲吃剩的食物，丝毫没有意识到，这些东西比他前一顿吃的更丰盛。之后，母子俩又继续追逐打闹，满房子、满花园地乱跑。有时，他俩一起蜷缩在我的床底，望着窗外，不时地舔舔对方，咕噜咕噜地说着悄悄话。

这一段日子算是阿灰一生中的黄金时代，是她最幸福美好的时光，也是她最风华绝代的时候。她不孤独，同伴不会威胁到她，因为她能驾驭他。她是那么风姿绰约，真的美得不可方物。

她端坐床上凝视窗外的身影分外迷人。两只银白色的前脚掌撑在地上，两条带斑点的奶油色前腿紧紧并拢，笔直地立于身前；耳朵边缘镶着一圈看似银色的白毛，竖立着摆动，时前时后，凝神倾听，仔细感知周围的动静。但凡察觉到一丝异样，她就会机警地偏过头来。她的尾巴摇来摆去，移动的方向和身体的其他部位不同，好像她的尾巴尖能捕捉到其他器官捕捉不到的信息。她端坐在那儿，轻似空气，观看、倾听、感受、闻嗅、呼吸，浑身上下每一个部位——皮毛、胡须、耳朵——全都在轻轻颤动。就形状而言，如果说鱼代表的是流水，那么猫代表的便是轻风。

噢，这就是猫。我不由自主地夸赞并祈祷：你真漂亮！真甜美！真优雅！你毛发如丝般柔滑！你像只温柔的猫头鹰！你的脚掌像飞蛾般轻巧！你像珍贵的宝石！你真神奇。猫，猫，猫，我的猫！

我一遍一遍地呼唤着她，她起初表现得无动于衷，仿佛当我不存在似的，过了一会儿，她慢慢地转过头来，神情傲慢。每每听到一句赞美的话，就微微眯一下眼睛。等我一说完，她就懒洋洋地打了个哈欠，故意露出她那粉色冰淇淋般的嘴巴和卷曲的粉色舌头。

有时，她会故意蹲着用那双美目撩拨我。我忍不住盯着它们看，那是一对杏眼，漂亮的轮廓好像用黑色铅笔勾勒的，黑圈外是一个奶油色的圈；每只眼睛下各有一抹淡淡的黑晕，眼睛绿莹莹的，在昏暗的光线下，会变成朦胧的暗金色，像只黑眼猫；但一回到有光的地方，颜色又变绿了，是那种清澈透亮的翡翠绿。在这双透明的眼球背后，仿佛有一对纹路清晰、闪闪发光的蝴蝶翅膀，宝石般的翅膀——翅膀中的菁华。

乍看之下，人们很难把树叶虫和叶子区别开来，但是只要仔细观察就会发现：这片仿冒的叶子，甚至比真正的叶子还要逼真——叶片卷收着，有着细密的纹路，十分精致，仿佛经珠宝匠精雕细琢一般。只不过，这位珠宝匠似乎不大正经，爱挖苦人，所以他雕刻的树叶虫也是个刻薄货色。树叶虫，也就是冒牌叶子，炫耀道：你们看哪，有哪一片叶子像我这般精美？即使我仿的是一片不够完美的叶子，我也可以完美无缺。你们见过我这个仿品之后，还会想看所谓的真叶子吗？

阿灰眼底的绿光仿佛是从一只玉蝶翅膀发出的光亮，正如一位艺术家所言：还有什么动物能与猫一样优雅、一样精致？哪种空中生灵比猫轻盈？又是何种会飞的生命跟猫神似？蝴蝶，自然是蝴蝶！而在那里，在这只猫眼睛的深处，透露的想法与这位艺术家其实不谋而合，只是没有明说，而是以半开玩笑的方式一点而过，就被隐藏于那浓密的眼睫毛、精致的褐色内眼睑，以及那虚虚实实的风情媚态之后了。

阿灰是如此完美，如此雅致，她就是天生的女王。从她身上既可以看到蛇与花豹的影子，又能让人联想到蝴蝶与猫头鹰；她就是一只小狮子，拥有一双令猎物闻风丧胆的钢爪；她就是一个谜，神秘又不失亲和力——一岁半的阿灰，正值花样年华的少妇，身怀着第三胎宝宝。孩子的父亲就是那只在老国王统治时期，吓得不敢跳下墙头的灰白花猫。这一胎她生了四只小猫，在她分娩的时候，她的儿子全程陪伴，在她阵痛间歇时爱怜地舔她，也舔刚出生的小猫崽儿。他企图挤进小猫窝，跟他们待在一块，重新再当一回小猫崽儿，却因为这个幼稚的行为，被母亲狠狠地扇了几记耳光。

第五章

春天再度来临，后门也再次敞开，阿灰、她的成年儿子和刚出生的四只小猫，在花园里逍遥自在地度日。不过，阿灰依旧不太喜欢照顾小猫，反而更喜欢跟儿子待在一块儿。她的行为再次让S愤愤不平，因为她一生完小猫，就立刻离开他们，直接投入成年儿子的怀抱，任由小猫呼噜呼噜满地打滚。

他这个儿子对这一窝小猫来说，相当于他们的父亲，因为他叼他们上楼的次数和阿灰一样多。

在这段时间里，阿灰作为家中一猫独大的女王命运，已悄悄蒙上一层阴影，如同未来给出的暗示一样，最初的线索总是模糊不清、似有若无。

这时的人类世界，一场情感风暴正在袭来。这年夏天，一位美丽而忧伤的金发女孩来到我家，手里抱着一只灵巧优雅的小黑猫，一只半大小猫，这个外来客目前住在她家的地下室里，只能临时让她借住，因为她家不能养猫。

小黑猫套着一个红色项圈，项圈上系的皮带也是红色的。在她生命的这个阶段，小黑猫只是这个漂亮姑娘的附属物和装饰品。我们把她跟楼上的女王远远隔离，因为她俩绝对不能碰面。

过了不久，突然之间，阿灰的美好生活迅速分崩离析。她的儿子早就被人预订走了，现在他的主人终于过来接他回家，他便离开了母亲，到肯辛顿去住了。四只小猫也全去了新家。我们决定到此为止，不能让她再生小猫了。

我当时并不清楚该怎样给母猫做绝育手术，我只知道有人会“阉割”猫，公猫母猫都行。我去咨询皇家防虐动物协会，协会工作人员一口咬定这个手术非做不可。他们会持这种态度倒也可以理解，因为这里每周都得消灭掉好几百只没人要的猫——我想，那些猫或许都曾是某人的“可爱小猫”，只是长大后就不得人心了。不过，听防虐动物协会的小姐说话，就像听街角那个杂货店老板娘说话，都是一个调子。每次看到我四处替小猫寻找主人，她都会说：“难道你还没给她做那个？可怜的小家伙，让她经历那些，太残忍了吧。”“母猫生小猫，这本来就是天经地义的事儿嘛。”我嘴上这么说，暗地里却心虚得很，因为到目前为止，阿灰所展现出的每一项母性本能，全都是被逼而为的。

我跟街坊邻居的往来，全都跟猫有关——比如，谁家的猫丢了，谁家跑来一只陌生的猫，或者就是他们家的孩子想到我家看小猫，或是看看他们准备领养的小猫。而他们每一个人，都毫无例外地坚决表示，让母猫生小猫太残忍——有的是热心劝诫，有的是歇斯底里地指控，还有极个别的会像我母亲那样酸不溜丢地说："不是你自己受苦，你当然无所谓啦！"其实，她是在对我下最后通牒。

街角有一家蔬菜店，店主是一个老光棍，因为附近超市的压力，如今已经关闭了，但店主却这么解释，说他的这间店是家传的，而他又没有家人，所以就把店关了。这位店主像个胖嘟嘟的老男孩，面颊紫红紫红的，近乎泛黑，跟那位卖果蔬的矮胖老妇一模一样。他经常数落女人："就知道一个劲儿地生孩子，生了孩子又不好好带，对不对？"他自己没有孩子，却老爱管别人，还总以为自己说得在理。

不过，他家里确实有一位老母亲，年过八旬，长年卧病在床，事事都需要别人照顾，而这一切都得他一手包办。他的兄弟和三个姊妹全都拖家带口了，因此一致决定，他是照顾母亲的不二人选，因为他们成天忙孩子的事儿，就已经够折腾的了。

他的店面很小，货架上摆着瑞典甘蓝、萝卜、土豆、洋葱、胡萝卜和卷心菜——在我们这一带，其他蔬菜除非是冷冻的，否则是买不到新鲜的。他站在货架后面，望着街上那些横冲直撞的孩子，毫不客气地指责他们的母亲。

他赞成把我家阿灰“做了”。这世上有这么多人，这么多动物，而食物却这么少，你看这么多天没有一个人过来买东西，这样的日子要到什么时候才算个头啊？

我打电话询问过三位兽医，想知道是否非得把母猫的子宫和输卵管全都切除——可不可以只替她结扎输卵管，让她至少还可以有正常的性生活？三位兽医一致建议道，最好还是全部去掉。“所有生殖器官。”其中一位兽医说。他的用词跟我那位做妇产科医生的女友一模一样。“我会替你把猫的所有生殖器官全都去掉。”他说。

真有意思。

H和S是葡萄牙人，他们说，在葡萄牙，中产阶级妇女在下午茶宴会中，很喜欢闲聊她们做过的手术和妇科病，说起人体器官时所用的词儿，就跟提到家禽的内脏时一样：“我的内脏，你的内脏，我们的内脏。”

真的很有意思。

我把阿灰装进猫篮，拎着她去看兽医。她这辈子从来没被关过，一直喵呜喵呜地抱怨——她的自尊和骄傲都受到了伤害。

我把她留在兽医那里，快到傍晚的时候才去接她回来。

她待在猫篮里，浑身散发出乙醚的味道，虚弱无力，头晕眼花，一副病怏怏的模样。她身体一侧的毛被剃掉一大片，露出灰白色的皮肤，皮肤上有一道两英寸左右长、用肠线缝合起来的红色伤口。她望着我，那双巨大深邃的眼中充满了惊恐。她知道自己遭人背叛，而出卖她的人正是她的朋友，那个平时喂她、保护她、跟她同睡一张床的人。她受到了极大的伤害。我不敢正视她的眼睛。我带她坐出租车回家，一路上她不停地呻吟——用一种绝望、无助、惶恐的声音哀哀叫着。回到家以后，我把她放到另一个篮子里，因为原先的猫篮会让她想起兽医和她所经历过的痛苦。我给她盖上被子，把篮子放到暖气旁边，坐在她旁边。她的伤势并不严重，情况也不危险。她是惊吓过度了。我想，世上任何生物，在经历过这样的打击之后，都不可能完全“康复”的。

她一动也不动地在篮子里躺了整整两天。然后她才非常困难地爬出来，去猫砂盆方便。她喝了一点牛奶，又爬回去躺着。

一周过去了，她的毛重新长出来，盖住皮肤上的那个丑陋疤痕。再过一小阵子，我就得带她到兽医那儿拆线了。这次旅途比第一次还要糟糕，因为她现在已经明白，猫篮和汽车的运动，意味着痛苦与恐怖。

她在猫篮里拼命地尖叫挣扎。根据我的经验，出租车司机一向乐于助人，这位司机还特地把车子停下来，让我想办法宽慰她。不过，我们两人都明白，长痛不如短痛，还是得赶紧上路，把这事儿快快办完为上策。她拆线的时候，我一直守在门外。我把拼命挣扎的她硬塞进猫篮，带着她搭同一辆出租车回家。她的尿都被吓出来了，喵呜喵呜地哭个不停。

出租车司机是个爱猫之人，说医生们怎么不为猫发明一种节育方法呢？为了我们人类的方便，就剥夺他们的天性，是不对的。

我走进家里，打开猫篮，这时，已恢复行动能力的阿灰，逃也似的跑到屋外，蹿到大树下的花园围墙上，眼睛又睁得圆溜溜的，露出惊恐的神情。到了晚上她才进屋吃东西。当晚，她在沙发上过夜，没到我床上睡。一连好几天都不让人抚摸她。

在术后的一个月内，她的体型发生了变化，原来那苗条优雅的身形迅速消失，全身上下变得又粗又糙；眼睛开始松弛、起皱纹；脸型也变宽了。转眼间，她变成了一只还算有几分姿色的大胖猫。

至于她性格上的改变，怎么说呢，应该还有别的原因。在她动手术的这段时间，她还遭受到了其他重大打击——她失去了她的小公猫朋友，失去了所有的小猫，还有黑猫的不期而至。

她的性格的确变化很大。她的自信心受到重创。过去家中那位美丽的女暴君已经不复存在了。她那不容分说的魅力，那一回头一眨眼皆万种风情的妩媚，已经消失无踪。当然，她还是会对人献媚讨好，比方说，四脚朝天地在地上翻滚，等待别人喝彩，或是扒着沙发下面倒挂前行，但是在表演这些节目之前，她会踌躇好久，因为她不确定自己的绝活还能否讨人欢心。有很长一段时间，她对所有的事情都没有把握，渐渐地她变得固执起来，性格也变得偏激。只要稍稍冒犯到她的权利，她就会勃然大怒。她满腹怨恨，你必须想办法去逗她开心。她对围墙上那些公猫，她过去的崇拜者，全都凶得要命。换句话说，她变成了一只阴阳怪气的老处女猫。我们对这些动物做的是一件非常缺德的事儿，可我想我们也实在别无选择。小黑猫也有自身的伤心事儿，她没家了，只好寄人篱下。如果她是一只公猫，或许还可以跟阿灰相处得融洽一些，可惜她是母猫，这两只猫只要一碰面，就犹如仇人相见，只见她俩伏在地上，死死盯着对方，一连几个小时相持不下。

阿灰的半边肚子上仍是剃过后新长出的短硬粗毛，她拒绝与我同床共眠，要我好声好气地哄她才肯吃东西。她闷闷不乐，对自己失去信心，但有一件事情，她下定决心绝不妥协：她绝对不会让黑猫取代她的位置。

黑猫呢，知道自己往后要在这里生活，所以是不会被轻易赶走的。她不跟阿灰斗，因为对方个头比她大，也比她强壮。她躲在椅子角落，背抵着墙，眼睛一刻也不松懈地紧盯阿灰。

等敌人去睡觉了，黑猫才出来喝水吃东西。然后她扫视了一遍花园，这个地方在她还戴着漂亮的项圈和皮带时就已经仔细检查过了。于是她开始一层层地检查这栋房子，最后她决定待在我床上。阿灰一见，立刻跳上床，龇牙咧嘴地怒吼着，把她赶走，赶紧回到我床上的老位子睡觉。后来黑猫在沙发上找了个地方睡。

黑猫的个性跟阿灰截然不同，她是一只稳重倔强、谦逊质朴的小动物。在遇见阿灰之前，完全不懂如何卖弄风情：她不会摆姿势，不懂献媚讨好，不会故意满地打滚、蹦蹦跳跳，也不会卖弄炫耀。

她知道自己不是家里的第一只猫，阿灰才是这儿的老大。但身为第二只猫，她也该享有一定的权利，对这一点她绝不妥协。两只猫其实从来没有真正交过手，她们只是用眼神对决。

她俩分别坐在厨房两边，一对绿眼睛和一对黄眼睛，牢牢瞪着对方。阿灰要是认为黑猫的行为超过她所能容忍的范围，就会轻轻怒吼，并稍稍绷紧身上的肌肉，做出恐吓的姿势，黑猫见了就会退缩。阿灰睡在我床上，这个地方黑猫不准踏入；阿灰可以坐在餐桌上，黑猫则不行；每当家有访客，首先在门口迎客的是阿灰。更过分的是，你得单独用洗得干干净净的碟子装刚刚切好的食物，放在厨房一块整洁的地上，否则阿灰罢吃。而黑猫呢，一点儿都不要你操心，只要把食物放在原先的角落，她便心满意足。

对这一切不公平的待遇黑猫全都逆来顺受，对家中的人也非常温顺友爱，她会绕着我们腿边打转，咕噜咕噜地跟我们说话——她也有一半暹罗猫的血统，但无论她在做什么，总是时刻注意着阿灰的动静。

她的行为跟她的外表不太一致。阿灰则表里如一：她的外表决定了她的性格。

但黑猫就显得有些名不符实。比方说，她的身材就是个好例子。她是一只纤细娇小的母猫。看她怀孕时的样子，那么小的身子竟然还能装得下小猫，实在让人匪夷所思。但若是把她抱起来，就会发现她其实还挺沉的。她是一只壮实的小动物。

单看外表，完全想不到她会这么谦和驯顺，也完全想不到待小猫出生后，她会是个那么有母爱的妈妈。

她是优雅迷人的，有着高贵典雅的弧形轮廓，像一尊坟墓中的猫雕像。当她笔直坐着，四只脚掌并排搁于地，眼睛凝视远方之时，或是在她伏在地上，半眯着眼之际，显得无比沉静而孤僻，仿佛已退回内心某个遥远的角落。此时的她神情忧郁，令人望而生畏。她是一只黑猫，黑得纯净，黑得透亮。光泽闪亮的黑胡须、黑睫毛，浑身上下找不到一根白毛。若说阿灰的设计师善于体现猫的精致细腻与惹人喜爱的特质，那么黑猫的设计师就是在宣称：我要创造出一只黑猫，一只黑猫中的极品，一只来自冥界的猫。

这两个对手大约花了两周的时间，才逐渐建立起共处的法则。她们从不碰触对方，从不一起玩耍，也不互相亲舔；总是带着互相戒备的敌意，注视着对方的一举一动。因为掌握了相处的分寸，反而能相安无事，但此情此景却令人难过。想想以前阿灰跟她的成年儿子在一起时的情景，他俩一起嬉闹玩耍，互相舔毛，绕着对方打转，多幸福啊！我们想着，等这两个冤家相处再久一点儿，说不定也能慢慢培养出感情来了。

可是，黑猫后来生病了，因此阿灰在家中那不可动摇的地位便难以为继了。

我原以为黑猫只是感冒了，肠胃出了问题，一直拉肚子，所以她每隔一会儿就要跑到花园里去方便，期间还呕吐了好几回。

我要是一开始就带她去看医生，她就不会病得那么厉害。她染上了肠炎，但我那时不知道这种病有多危险，更不知道猫若得了肠炎，存活率很低，尤其是像她这种尚未完全发育成熟的猫，存活的概率更是小之又小。在她发病后的第二天晚上，我半夜醒来，看到她蜷缩在一个角落，一开始我以为她是在咳嗽。其实她是在干呕——她已没东西可吐了；嘴巴和下颚上全都是白沫，又黏又稠，很难擦得干净。我拿来水替她洗去脸上的白沫。她走回原先的角落，蹲下来，眼睛直勾勾地望着前方。她的坐姿带着不祥的征兆：纹丝不动，非常有耐性，而且毫无睡意。她在等待着什么。

天一亮我就带她到街角的兽医诊所医治。当时我无比懊恼，恨自己没有早点儿带她去看医生。医生说她病得很重，听他们的语气，我知道她可能活不下来了。她严重脱水，还发着高烧。医生替她打了一剂退烧针，要我尽量喂她吃点流质食物。“可是她不肯喝水。”我说。“没错，他们是不会喝的。”医生说，“猫要是病到一定程度，就会出现另一个特殊的症状：决心不活了。他们要是烧得厉害，就会爬到某个凉爽的地方，趴着等死。”

我把黑猫带回家，而她一到家，就有气无力地慢慢往花园里走。时值初秋，天气冷飕飕的。她又趴下来，紧贴着冷冰冰的围墙，脚下是冰凉的地面，摆出跟昨晚一样的耐心等待的姿势。

我把她抱进屋里，让她躺在毯子上，并刻意让她离暖气远一点。可她又回到花园去了：摆出同样的姿势，同样毫无生气、充满耐性的等待姿势。

我又把她抱进屋里，关上门不让她出去。她爬到门前，面朝大门卧着，等待死神的来临。

我拿清水、葡萄糖水和肉汁哄她喝。她也不是拒绝吃东西，她只是觉得没必要吃罢了，她已经把食物这东西抛在身后了，她不想回头，绝对不想。

第二天，兽医诊所的人说，她还在发高烧，体温一点儿都没降，必须喝点儿东西才行。

我带她回家，认真考虑了一下当前的情况。显然，要让黑猫活下去，就得全天候地伺候她。可我手头的事儿真的很多。何况，就像家里人说的，她不过就是只猫罢了。

但她并不仅仅只是一只猫而已。我这么说，自然有多种原因，虽然它们全都是人类的观点，跟黑猫本身毫无干系，但我绝不允许她就这样死去。

我把葡萄糖水、肉汁和清水倒在一起，调配出一种恶心但管用的流质食物，硬逼她吃。

她不肯张嘴。一个发着高烧、轻飘飘的、肌肉松垮垮的小东西，坐在我膝盖上，准确点说是瘫倒在我膝头，却紧闭牙关拒绝进食，虽已气息奄奄却仍异常坚定：不吃，不吃，就是不吃！

我强行掰开她的犬齿，撬开她的嘴巴，流食已经灌进了她的喉头，可她死活就是不吞咽。我抬起她的下巴，食物就从她的嘴巴两侧流出了，但显然还是有些液体流进了她的肚子里，因为等我灌了好几汤匙之后，她开始轻轻咽了咽喉头。

这样也行啊。每隔半小时我就喂她一次流食。我把那可怜的小家伙从角落里抱过来，把液体灌进她的肚子里。我是用蛮力撬开她的牙，所以很担心她的下巴会受伤。很可能她的下巴真的痛得要命。

那天晚上，我把她抱到床上睡，每隔一个小时叫醒她一次。其实，她并没有真正睡着。她趴在床上，高烧使她浑身散发着热气，她半睁着眼，默默忍受生命终结前的痛苦折磨。

第二天，她的烧还是没退。但到了第三天，她的体温终于降下来了，兽医诊所开始给她注射葡萄糖了。每打一针，都会在她那紧绷的皮肤上留下一个柔软的大肿包。但她不在乎，她什么都不在乎。

烧退了以后，她变得很怕冷。我拿了条旧毛巾把她裹住，让她躺在暖气旁边。每隔半个小时，我和黑猫就要搏斗一番。或者该说是我与黑猫的两种念头在激战：黑猫一心寻死，而我一心要她活。

夜里，她趴在我身边，身上披着一条毛巾，因为极度虚弱，身体不由自主地微微颤抖。我把她放在哪儿，她就待在那儿不动。她根本没力气移动，却有力气不张嘴吃东西，她死活就是不肯进食。她所有残存的力气，全都被她用来说这两个字：不吃！

就这样过了整整十天，我每天带她去兽医院看病，那是一个供年轻兽医实习的地方。附近的邻居都是在每天上午九点到十二点，带自家的猫啊狗啊到那儿看病。我们待在宽敞而简陋的候诊室里，坐在一排排长椅上，生病的动物个个躁动不安，有的哭有的叫，一片喧嚣。因为动物们的病情，大家在医院里收获了各种友情。

我的脑海里，存留着许多令人伤感的小故事。记得我在兽医院遇见过一名中年女子，她面容枯槁憔悴，头发染成了浅金色。女子养了一只极其漂亮的大狗，显然得到主人的细心呵护，吃得也很营养。这只狗应该没有什么大毛病，它很活泼，总是汪汪叫个不停，有点儿骄傲。可是它的主人却穿着一身单薄的套装，没有披外套，每天都穿得一样。天气有点儿凉，但不至于很冷，我们其他人全都穿着薄裙子或薄毛衣，她却不由自主地打着哆嗦。她的四肢全都瘦成了皮包骨，上面一点儿肉也没有。显而易见，她经常吃不饱，她的钱和时间都花在了那只狗身上。喂养一只体格那么大的狗是很费钱的。我琢磨着，养一只猫，大概一周要花费十先令，前提是这只猫还不能是被宠坏的那种，不要像我家的那两只猫一样。我想，我们大家都能看出，这名女子和她的狗相依为命。我们这一带住的大多是穷人，看到女子带着那只威风凛凛的宠物在风中瑟瑟发抖，大家都面露不忍，让她插队先到屋子里去避寒，而我们继续在门外排队。大家都说，她的情况可以理解，真的不忍心看她受冻的样子。

在医院里，我还遇见过另一个狗主人和他的宠物狗，他们可算是另外一个极端，至少从外表看来是如此。一个大约十二岁的胖小孩牵了只胖乎乎的斗牛犬来看病——这只狗真的很胖，浑身都是一圈一圈的肉。医生把狗放到检测台上，向小孩解释说一只狗一天只能吃一定量的食物，它没什么事儿，只是吃得太多了，不可以再喂它吃什么蛋糕、面包、糖果这样的东西了。男孩再三保证，他回去会把医生的话转告母亲，一定会转告的。可是他妈妈想知道的是，为什么小狗一直呼哧呼哧地喘气？它只有两岁大，也不像其他狗狗一样爱跑，爱玩，爱叫。好吧，医生很耐心地说，我们很容易给动物喂食过量的，就跟喂食不够一样。如果喂食过多，瞧……

这里的医生非常耐心，人很好，做事儿也很老练。凡是会让主人感到难过又必须执行的治疗，都是关起门来进行的。可怜的黑猫被带到里面去打针，整整过了二十分钟，不，是三十分钟，才重新回到我身边，她又硬又脏的毛被注射药水弄成一团一团的。

她已经很多天没有舔毛，也没有清洁自己了。她还是动不了，不见好转的迹象。如果在我这样的悉心照顾下，经过了这么多治疗，她都没有起色，可能是真的只能放她走了，这也是她一心所求的结局吧。她在暖气下坐了一天又一天，毛发的颜色跟死猫一样，沾满了灰尘和绒毛，眼睛都快睁不开了，嘴边的毛沾着我灌她喝葡萄糖时流出的糖水，结成了硬块。

我想起自己生病卧床时的情景，想起病中自己恼羞成怒、自怨自艾的情绪，那种情绪到后来似乎已变成了一种病。头发乱蓬蓬的需要打理，从呼吸和皮肤上都可以嗅到疾病的腐臭味儿，感觉自己仿佛被困在病毒的硬壳里，里面瘴气弥漫。要隔很久，护士才会过来给你洗脸、梳头，换掉臭烘烘的床单。

是的，猫不是人类，人类也不是猫。但不管怎么说，我都不相信，这样一只洁身自好的小黑猫，面对自己如此脏兮兮、臭烘烘，能够安之若素。

可是，不能给黑猫洗澡，所以我决定给她擦澡。我先拿了一条小毛巾，放到热水里，拧干后，把她全身都轻轻地擦了一遍，擦去那些灰尘、绒毛还有黏糊糊的东西。这一过程花了我好长时间。黑猫一直很被动，也可能很难受，因为她的皮肤上有好多针孔。接着，趁她浑身热乎乎的时候，我用热乎乎的毛巾擦干了她的猫毛、眼睛和耳朵。

接下来——我想这就是令她病情好转的关键——我把手浸在热水里，再用温暖的双手慢慢地按摩她的身体。我想将生气按摩进她冰冷的身躯。我按摩了好一会儿，大概有半小时。

等一切完毕，我拿了一条干净温暖的毛巾盖在她的身上。没过多久，她开始以非常僵硬的姿势慢慢站起来，在厨房里走了几步，马上又趴下了，因为支撑她行动的意念又消退了。可她总算是动了，而且是依靠自己的力量。

第二天我询问医生，替猫擦身是否对病情有所帮助？他们说应该没什么帮助，她病情好转，是因为打了针，药起作用了。管它什么原因，可以确定的是，在她变得干净并被我按摩之后，小黑猫又有了一线生机。又过了十天，她被兽医注射了葡萄糖，还被我灌进了由肉汁、清水和葡萄糖水混合而成的恶心液体。另外，我还固定一天两次替她按摩、梳理毛发。

这段时间，可怜的阿灰总是被我赶到一旁。事情要分轻重缓急嘛。黑猫需要我全心照顾，实在没多少心思理会她。但是阿灰不甘屈居第二，不接受情感的施舍，于是索性采取自我疏离之法，从身体和感情上远离我，守在一旁静静观望。有时候她会小心翼翼地靠近黑猫，走近这个一心向死的对头，嗅了嗅便走开了。有时她会在嗅黑猫的时候，身上的毛发突然竖起。曾有一两次，当黑猫趴在冰冷的花园中静待死亡时，阿灰也跟着走过去，坐在离她几步远的地方望着她。但阿灰似乎没有敌意，没有想伤害黑猫的意思。

那段时间，阿灰不曾玩耍，也没有秀她的绝活，对食物也不再挑三拣四了。她没人宠没人爱，睡在卧室角落的地板上，身体不再蜷成一个漂亮的大毛球，而是卧在地上，看着我照看床上的黑猫。

黑猫的身体开始康复，而真正的苦难才刚刚开始降临——至少人类是这么认为的。也许黑猫亦有同感，她原本一心想死，却被强迫活了下来。她就像一只刚出生的小猫，万事都得从头学起，或像一个衰弱的老人，万事要人照顾。她开始随地便溺，似乎已经忘记了猫砂盆的功用。她进食变得非常困难而笨拙，弄得满地都是。无论她走到哪儿，都可能突然跌倒，只好趴在地上，凝视前方。看着她现在这副样子，实在令人不安：这个神情冷漠、病魔缠身的小动物，总是保持僵硬的蹲姿，从不蜷缩身体或者伸展四肢平躺，空洞呆滞的眼睛望着前方，那样子与一只死猫并无二致。有段时间，我甚至担心她有点精神异常了。

但她的情况却在日益好转。她不会再随地大小便了，也开始好好吃饭了。有一天，她突然放弃了以前那种等待的蹲姿，好像蓦地想起原来猫是可以蜷成一团躺倒在地的。她试了一下，发现没那么简单。她又试了两三次才成功，好像她的肌肉已经忘记了这个动作该怎么做似的。她蜷缩着身子，尾巴贴着鼻子，睡着了。终于，她又变成了一只正常的猫。

但她依旧不肯给自己舔毛，于是我试着拿着她的一只前爪，摸摸她的脸颊提醒她，可她又把爪子放下来。可能她还需要一点儿时间。

我有事儿必须离家六周，只得请一个朋友替我照顾两只猫。

我回家后走进厨房，看见阿灰坐在桌子上，重新夺回了猫老大的地位。黑猫坐在地板上，干净整洁，毛发光滑松软，高兴得咕噜咕噜地叫着。

权力的平衡已经恢复。黑猫已经忘记了自己生过一场大病。但好像不尽然，她的肌肉还没能彻底恢复，腰腿上的肌肉还是有点僵硬。虽然蹦跳没有问题，但动作没有以前干净利落。背部靠近尾巴的地方毛发稀稀松松。她脑海中的什么地方，应该记得这次生病的经历。一年后，她耳朵有些发炎，我带她到兽医诊所去看病。她不介意我用篮子拎着她，也不介意待在候诊室里。但是，她一被抱进诊室里，就开始颤抖和流口水。医生把她带进她以前经常打针的内室，用注射液清洗她的耳朵。等她被抱出来时，她已经吓得浑身僵硬，不停地淌着口水，颤抖了好几个小时才恢复镇定。不过，如今的她是一只正常的猫，拥有正常的天性。

第六章

也许是因为黑猫曾经距离死亡只有一步之遥，她的食欲变得相当旺盛：从黑猫身上，我们可以看到补偿心理的巨大功效。

黑猫的食量是阿灰的三到四倍，而她在发情期间，胃口更是大得惊人。阿灰发情时已经算是热情似火，而黑猫则时时刻刻“性”致盎然。整整四五天，我们人类目睹这股无比专注、矢志不移的自然之力，不由得心生敬畏。黑猫用狂野的叫唤声、不停的翻滚和祈求呵护的强烈需求，宣告求偶的开始。她对着我们的手、地毯和双足，做出交配的举动。她在花园里四处高声叫唤，用最高分贝的嗓音抱怨她的性欲还远远没有得到满足，远远没有——但没过多久，性欲就不再是她关注的焦点，她成了一位母亲，一位百分百的全职母亲，对其他任何事情都兴趣索然。

黑猫第一胎孩子的父亲是一只新来乍到的猫，一只年轻的虎斑猫。那个夏天，我们这里新来了一群猫。活体解剖专家或猫皮供货商又在我们这个街区猖狂作案，结果一夜间没了六只猫。

但是，黑猫可选的伴侣仍为数不少：那只帅气的虎斑猫，一只黑白长毛猫，还有一只灰斑白猫。黑猫中意那只虎斑猫，她也如愿以偿得到了他；但她还有别的情郎。在她开始发情的第二天晚上，我目睹了下面的一幕。

黑猫已经与虎斑猫亲热了好几个小时，突然扭身跑进大厅，希望虎斑猫追过去。她在客厅翻滚着，等待着。虎斑猫尾随着进来，俯身看着她，舔她，而黑猫依旧不满足，仍满地打滚，色眯眯地引诱他，虎斑猫终于忍不住一掌按住她，好像在说：拜托，安静一下。然后蹲下身子，宠溺而爱怜地用脚掌压住一直在胡搅蛮缠的黑猫。黑猫在他掌下一边扭动着身子，一边求饶。安静一下。他说。黑猫使劲儿挣脱他的脚掌，奔向花园，然后回头看虎斑猫跟来了没有。他是跟过去了，但显得一点都不着急。花园里那只黑白花猫正在等待机会。黑猫在地上翻滚着，一心想色诱虎斑猫，而虎斑猫显然兴致索然，在一旁舔着自己的毛，但他的眼睛一直看着她。色诱不成功的黑猫转移了目标，跑到黑白花猫面前打滚。虎斑猫走过去，蹲在一边看着他们。黑猫与黑白花猫交配的时候，他就坐在旁边看着。这次交配用时很短。黑猫离开了新欢。她这次出轨，显然就是为了卖弄风骚。虎斑猫走过去扇了她几记耳光，以惩罚她的不忠，然后自己翻身压在了黑猫身上。虎斑猫完全无视那只黑白花猫，也不屑惩罚他。在这三四天中，黑白花猫逮住了好几次机会和黑猫亲昵，而黑猫也只是被扇了几记不痛不痒的耳光。

猫和兔子一样，都有两个子宫。黑猫产下了六只小猫。一只灰猫、两只黑猫、三只黑白花猫，由此看来，这窝小猫遗传到她第二个性伴侣的基因比她心爱的虎斑猫要多。

和阿灰一样，黑猫也不受自然法则约束，没有选择在黑暗隐蔽的地方产子。她喜欢去总是有人在的房间生产。那时，顶层的房间住着一个备考的女孩，所以大部分时间她都待在家里，于是黑猫选择了在女孩的皮扶手椅上分娩，当时阿灰就在旁边看着。有一两次，阿灰爬上椅子的扶手，用脚掌摸摸小猫崽儿。但在照顾孩子方面，做了母亲的黑猫显得非常自信，她厉声叫住阿灰，命令她立刻离开她的孩子。

小猫们一只接一只顺利出生。像往常一样，我们再度备受煎熬，无奈地看着一只、两只、三只、四只、五只、六只小猫陆续来到世间。每看到一只小猫出来，我们都暗自祈祷，希望他是最后一只，希望这一次她只生两只或者三只小猫。也像往常一样，我们认为留下三只小猫已经足矣，其他的应当全部处理掉。可是当这六只小猫都被母猫舔得干干净净，站起身来，贴在妈妈胸前吸奶，而当娘的一脸骄傲地发出咕噜咕噜的声音时，我们明白，我们根本没法下手杀死他们。

黑猫和阿灰不同，她舍不得与小猫分开，哪怕片刻也不行。每当有一小群人围着椅子夸赞她时，她别提多美了。阿灰听到赞美声时，常会慵懒地打着哈欠，以示她的不屑和傲慢；而当与小猫们待在一起的黑猫，被人夸奖既聪明又漂亮时，她也会幸福地打着哈欠，露出与她黑色皮毛对比鲜明的粉红嘴唇和粉红舌头。

母亲的身份使黑猫无畏无惧。若是小猫在家，见到其他猫擅自闯入家里，黑猫会风一般地冲下楼梯，厉声呵斥着扑向他们，吓得这些不速之客一路狂奔，翻墙而去。

但是换作阿灰遇到不请自来的猫，她只会低声怒吼，摆出种种威胁、警告的姿势，等着人类前来帮忙。一旦有人来到跟前，她便猫仗人势，迅速扑向闯入者，将其逐出家门——但前提是必须有人在场，她才会如此威猛。若是一直没人出现，她就会等黑猫救场。黑猫发动攻击，阿灰背后助阵；黑猫一完成任务，便一路小跑地赶回小猫身边；而胆小鬼阿灰呢，则在屋里悠闲地散着步，不时停下舔舔毛，遇见时机就躲在人的双腿后或门后，虚张声势地发出挑衅的叫声。

当黑猫忙着照顾小猫时，阿灰几乎完全故态复萌，但还是有一点儿差别。晚上，她在床上走来走去，选择心仪的睡觉地点。现在这个地点不再是床单下，也不是我的肩头，而是我的膝盖弯或脚底。她轻舔我的脸颊，望望窗外的景色，看看树木、月亮、星星、晚风，或者猫情侣，如今她与那些猫已经再无感情瓜葛了，然后躺下睡觉。到了早上，她若想叫我起床，就会蹲在我的胸前，用掌心轻拍我的面颊。我要是侧卧的话，她就会蹲在一边，看着我的脸。她的爪子好轻柔啊。我睁开眼睛，告诉她我还不想起床，然后闭上眼睛。她就会用脚掌轻拍我的眼睑，舔我的鼻子，接着在离我脸蛋两英寸的地方咕噜咕噜地叫着。要是我假装已经睡着，她就会轻咬我的鼻子。我忍不住大笑着坐起来。见我一坐起来，她便立刻跳下床，朝楼下奔去——若是在冬天，就表示要我替她开后门；要是在夏天，就是要我准备早餐给她吃。

黑猫觉得到了我该起床的时候，就会从顶楼下来，坐在地上看着我。有时我能感觉到，她的那双黄眼睛在执着地盯着我看。她打算跳上床铺，阿灰轻声怒吼，但她并不畏惧，因为她如今有一窝猫崽儿撑腰，明白自己也有应享的权利。她没理睬阿灰，穿过床腿，来到靠墙一侧跳上床。阿灰和黑猫，绿眼对黄眼，你瞪我、我瞪你，僵持了好长一段时间。如果我还不起床，黑猫会敏捷地跃过我的身体跳到地上，然后看看自己的办法奏效了没有。如果没有，她便故技重演，再来一次。然后再来一次。阿灰对黑猫这种拙劣的办法很是看不起，站起来亲自示范：她蹲下来拍我的脸颊。但阿灰这身轻重力量拿捏有度的功夫黑猫就是学不来，因为她没有耐心。她不知道该怎样轻拍我的脸庞，逗人大笑，也不知道如何开玩笑地轻咬。她只知道，只要她多跳几次，我就会起床弄早饭给她吃，而她吃完早饭也就可以回到孩子们的身边。

我曾经见过黑猫试图模仿阿灰的动作。有时候，阿灰为了获得赞美，会伸展四肢躺在地上，我们便会夸她，你好美，好好看哟。黑猫见状"咚"的一声也躺倒在地，摆出同样的姿势。阿灰打哈欠，黑猫也跟着打哈欠；阿灰便使出绝招，扒着沙发下面倒挂着走，这下黑猫没辙了，因为这个把戏她真的玩不来。于是，她赶紧跑回到小猫的身边，因为她很清楚，在那儿也能得到我们的夸赞。

后来，阿灰慢慢变成了一名捕猎高手，但她打猎不是为了获取食物。如果把食物当作营养物质，那她的狩猎行为自始至终与食物毫无关系，她是以此作为一种宣泄情感的方式或传递情感的语言。

有个周末，我忘记了给只吃兔肉的阿灰续粮，家里只剩猫罐头了。饥肠辘辘的阿灰，没有坐在平时放猫食的地方，那是黑猫吃饭的卑贱角落，而是走到厨房中她那高贵的用餐地点。阿灰从不喵喵叫着讨食，她坐在想象中的碟子旁边，定定地看着我。如果我没理睬她，她就走到我身边，绕着我的腿打转转；要是我还无动于衷，她会跳起来，扯我的裙子。再不行的话，她就轻咬我的小腿。实在没招了，她就走到黑猫的碟子边上，背对着碟子，用爪子抓一把想象的泥土扔进碟子中，好像在说，这样的食物在她看来，就跟粪便无异。

但是冰箱里没有兔肉。她坐在冰箱旁边等，我把冰箱门打开再关上，想让她知道，里面没有她喜爱的食物。要是她真的肚子饿了，就只能委屈一下吃猫罐头啦。她没明白我的意思，又坐在她想象的碟子旁边等待。我又打开冰箱门再关上，指了指猫罐头，接着就去忙自己的事情了。

阿灰走出厨房，过了几分钟，叼了两根煮熟的香肠进来，放在我脚边。

你这只坏猫！贼猫！贱猫！偷香肠的猫！

我每说一个词，她就闭一下眼睛，表示她明白我的意思，然后用脚刨了一把假想的泥土扔到香肠上，紧接着怒气冲冲地跑出厨房。

我上楼到卧室，透过窗户扫了一眼后院、花园和院墙。阿灰已经出了房子，正以捕猎者的速度，飞快地穿过花园跑向后墙，只见她纵身跃上后墙，奔跑了一段，随即不见了影子。我看不到她去了哪儿。

我回到厨房，她叼着另一根煮好的香肠，放到原来那两根的旁边。然后往上面刨了点儿假想的泥土，便跑出厨房，到我床上睡觉去了。

第二天，在厨房的地板上，在昨天那三根煮好的香肠旁边，又出现一串没煮过的香肠。阿灰坐在旁边，等着我对她这一连串行为的解读。

我原以为，她窃取的可能是附近小戏院中那些穷演员的午餐，实则不然。我站在卧室窗前，看见阿灰沿着院墙小跑了一段路，突然跃上墙，消失在直角方向的一户人家里。我注意到那户人家的院墙上脱落了几块砖——应该是屋主特地取下，作为厨房的通风口。洞口很小，猫要钻进去已经不容易了，何况还得从三英尺高的窄墙上跃过去，岂不难上加难！可她就是办到了。现在，每当她想表达我准备的食物不合她意，就沿用此法。

那户人家的女主人真不幸啊，在厨房里忙了好一会儿，刚煎好两根香肠，想给丈夫当早餐，才一转身，香肠就不翼而飞了。家里闹鬼了！说不定哪个无辜的孩子或小狗当了阿灰的替罪羊，被她揍了呢。要不然就是，她放了一串生香肠在盘中，准备放在锅里煎，可就在她背过身的那一会儿，香肠没了。阿灰拖着一串香肠，飞快地跑回花园，把香肠堆放在厨房地板上。或许她的这一行为始于她那些善于捕猎的祖先，他们受训于人类，为人类捕获食物，而残留于她脑海中的遥远记忆，已经转化为这种人类基本能够理解的语言。

花园尽头有一株高大的美国梧桐，每年都会有一只画眉鸟在树上筑巢。每当小鸟破壳而出开始学飞的时候，总有试飞的小鸟落入一旁等待的猫嘴。鸟妈妈、鸟爸爸，想飞落救宝宝，也难逃其厄运。

被抓到的鸟儿吓得叽叽喳喳惊叫不停，那刺耳的叫声扰得整栋房子都不得安宁。阿灰把小鸟带进屋中，想让我们夸赞她的本领。她想着不同法子玩弄折磨小鸟，耍鸟的姿势还都很优美呢。黑猫蹲在楼梯上看着。她从未杀死过一只鸟儿。阿灰抓住鸟儿一连耍了五个小时，鸟儿死了，或者只剩一口气了，这时轮到黑猫上场，她学着阿灰的样儿，把小鸟扔过来抛过去。每年夏季，我都要从阿灰那儿救下好几只小鸟，将它们带到阿灰够不着的地方，扔到空中，或别家的花园——但仅限于伤势不很严重，还有机会痊愈的鸟儿。每当我出手救鸟的时候，阿灰都窝着一肚子的火，把耳朵贴在脑后，冲我怒目而视。或许她不懂，不，是完全不懂我这么做的理由。每一次她衔着鸟儿进屋的时候，样子可神气了。其实，小鸟是她送给我的礼物，可惜她这一片好意，直到那年夏天我到德文郡度假时才领悟。可我却凶巴巴地斥责她，叫她拿走，一点儿都不为这事高兴。

可怕的猫！折磨小鸟的坏猫！残忍的猫！虐待狂！不配当你正直猎人祖先的后代！

我的责备激起了她一腔怒火，她叼着“叽叽”尖叫的鸟儿，冲到屋外，继续施展她那高超的折磨手段。我锁上后门，关起窗户，决定眼不见为净。不一会儿，外面恢复了平静，阿灰回来了。她没有绕着我的腿打转转，甚至连招呼都没有打，而是冷漠傲慢地大步上楼睡觉去了。院子里，鸟的尸体已经僵硬，可怜的小东西并非死于猫口和猫爪，它是被活活虐死的。

应邻居的要求，我请人修剪大梧桐树。有邻居说，树荫挡住了他们家花园的阳光，有的嫌“叶子掉得满地都是，难看死了”。园林工人站在花园里，嘟嘟囔囔抱怨个不停。他倒不是对我有意见，毕竟我是给他工钱的雇主；他抱怨的是现代人的生活方式，他说，这是反树木的恶行。

“每一天，”他说，语气变得越来越严厉，“都有人打电话过来，我去现场一看，是棵漂亮的大树。它得花上一百年的时间才能长成这样——跟树木比起来，我们算老几啊？那些人说，砍掉它，不然我的玫瑰都长不好。玫瑰！跟树木比起来，玫瑰又算老几呀？我竟然得为了区区玫瑰去砍树。就说昨天吧，我才把一棵梣树砍到只剩三英尺。可以做张桌子，那个臭婆娘说。就一张破桌子，而那棵树却得长一百年哪。她想坐在桌边一边喝茶，一边看她的玫瑰花。现在呀，树都很难见到咯，都快要从这个世上消失咯。你要是真的把树修得漂漂亮亮的，人家还不领情，真的，那些人就指望你把树整得不像树。你说，小鸟怎么办？你知道哪根树枝上有鸟窝吗？”

“我家有猫，”我说，“我倒希望小鸟去别的地方安家。”

“啊，说的是。”他说，“我听说了——就是猫。家家都要把树砍掉，到时候呢满地都是猫，叫鸟儿怎么活？我告诉你，这份差事我不打算做了，这世道，好工人是没人要咯——瞧瞧这些猫，你自个儿瞧瞧！”

在这名园林工人的眼里，树木和鸟儿本是一体，是神圣不可侵犯的，应该享有优先特权。不难想象，若是他有决断权的话，恐怕人类的地位都没有树木高吧。而猫呢，没准会被他赶尽杀绝。

我家的树，他自然舍不得瞎整，只是修了修枝条。第二年春天，又有一只画眉鸟在树上筑巢，而雏鸟呢，又像往年一样拍打着翅膀掉落地上。可是，有一只小鸟，从楼顶的后窗飞进了那间无人居住的空房。它在房里待了一整天，趴在一把椅子上，友好地看着离它不到一英尺的我，与我四目相对。它对人类没有一点儿戒心——至少这时没有。我把房门关上，因为阿灰一直在门外晃来晃去。到了深夜，等群鸟安静下来进入梦乡之后，雏鸟才从窗口径直飞往树梢，途中并未掉落。或许正是因为它的飞翔能力，它才得以存活吧。

看着这只小鸟，我想起了一个故事。故事是一位住在巴黎的夫人告诉我的。她就住在康特斯塔普广场附近一座七层公寓楼的顶楼，爱四处旅游，没什么挂累，因此想去哪儿，随时都可以上路。她的先生是一名船员。一天下午，有只小鸟从树梢飞进了她家，此后就没有想走的意思。我朋友是个爱干净的女人，像鸟粪这样的东西原本是绝对忍受不了的。可是，这次却

“鬼使神差”，她竟然在家里铺上报纸，客客气气地让鸟儿住下了。冬天来了，小鸟并没有依照天性南迁，这时我的这位朋友才猛地醒悟过来，她的身上担着一份责任呢。如果现在把小鸟扔出窗外，在寒风飕飕的巴黎，它是断然活不成的。可她有事儿，必须离家一两周，又不能扔下鸟儿不管，只好把它装进鸟笼，带着一起上路。

她想起自己当时的模样，恨恨地说:“你想象一下，我！是本小姐我啊！一手拎着行李箱，一手提着鸟笼，走进了一家乡下旅馆！这就是我！可又有什么办法呢？因为房间里养了只小鸟，就说明，我见到太太小姐什么的，都得更加和气才行。我居然成了‘知心大姐姐’——老天！走在楼梯上会被老太太们叫住闲话家常；年轻女孩儿会找我聊爱情的烦恼。后来，我直接回了巴黎，郁闷地挨到春天。我一边骂骂咧咧的，一边把那只该死的鸟儿扔出了窗。从那天起，我把窗户关得严严实实。我就是讨厌那样，没别的。”

黑猫的第一胎小猫才十天大，她又怀孕了。她这么能生，吓了我一跳，但兽医却说这种事情很常见。这一胎中最瘦弱的那只小猫，被送到一间住了许多学生的公寓。因为某些原因，瘦弱的动物大都性情温和，或许是因为它们生来不像别的同类那么有力量，所以只能一心培养内涵，使自己更具个性魅力吧。一次，他坐在三楼窗边的一个人肩头，突然有只狗在他背后狂吠，他受到惊吓，条件反射地跳出窗口。大家赶忙冲到楼下的人行道上，准备替他收尸，没想到小不点儿竟然坐在地上舔毛呢，身上一点儿伤都没有。

黑猫目前暂时没有孩子可带，于是搬到楼下，回归正常生活。或许阿灰曾以为，黑猫搬到楼上，去尽做母亲的责任，她这一走就再也不会回来，因此她可以独享这片天地。现在她才明白事实并非如此，她的地位岌岌可危，随时不保。两只猫之间的地位争夺战再次上演，场面也愈发激烈。黑猫生了小猫后，变得更加自信，不再像以前那样胆小怕事。譬如，这一次她就不打算将寝室安在地上或沙发中了。

最后，此事以阿灰睡在床头，黑猫睡在床尾而终结。但是，只有阿灰才能叫醒我，而今她的叫早举动完全就是为了向黑猫炫耀。她一边想办法逗我笑，或轻拍、或轻舔、或咕噜咕噜地撒娇，一边注视着对手，仿佛在说：瞧，看我多厉害。吃东西时也是如此：瞧，看我吃什么。戏弄小鸟时也不忘展示一番：看我，这下你不会了吧。我认为，在这几周里，猫儿们根本没有意识到人类的存在。她们只关注对方的一举一动，像两个互相竞争的孩子，在他们眼里，大人们只是可操控、可贿赂的对象，被排除在他们的世界之外。他们的世界变得很狭小，时刻围着另一个必须去击败、去战胜的对手转。那是一个明亮灼热却狭小可怕的世界，如同高烧时的感受。

两只猫失去了她们的魅力，虽然行为举止与之前并无二致，但原有的魅力却已荡然无存。

魅力是什么？魅力是一种自然散发的优雅，是在使用慷慨的大自然所给予的馈赠。但是其间有一些东西，如同沙砾，让我很是不适，难以忍受，感觉大自然的行为有失公允。就因为大自然给予了某些生灵比其他生灵更多的东西，就一定要把它们讨回去吗？在所有馈赠当中，魅力属于一种额外、多余且不必要的东西，是一样注定被丢弃的能力。譬如阿灰吧，当她仰面躺在和暖的阳光下打滚时，一副安逸、满足、欢愉的神情，此时她身上散发的便是魅力，一股夺人心魄的魅力。然而，每当她一边打滚，一边眯起眼睛监视黑猫时，尽管她的举止和之前一模一样，却不堪入目，甚至连每一个动作都显得生硬做作了起来。黑猫也是一样，她在看阿灰的时候，或模仿一些她不具备天赋的举动的时候，神情又妒又恨，偷偷摸摸的样子，好似正在窃取一些不属于自己的财物一般。大自然若是毫无节制地赏赐某一生灵，正如她随意相中了阿灰，赐予她出类拔萃的智慧与美貌，那么阿灰就理应同样慷慨地运用她的天赋，作为回报。

黑猫的母性亦是如此。当她与小猫们窝在一起时，像个专横的保护者，将一只墨玉色的纤细前爪伸出，盖在小猫们的上方，半眯着眼，从喉咙中发着咕噜声，她是如此美丽大方——不经意之间，散发着自信的魅力。与此同时，被剥夺了性功能的可怜阿灰，只能坐在房间对面，眼巴巴地看着，现在轮到她又嫉又恨了，她的身体、脸部以及贴着脑后的耳朵，无不在说：我恨她，我恨死她了。

简言之，在那几周里，家里人都觉得她们不再那么讨人喜欢了，而她们也肯定互不喜欢、互相嫌弃。

好在事情突然有了转机，因为不久我将带她们去乡下度假，那个地方她俩都没去过。

第七章

阿灰和黑猫都对猫篮怀有痛苦和恐惧的记忆，我想她们是不会愿意待在篮子里面的，于是把她俩放在汽车后座那儿。阿灰立即跳到前排，坐到了我膝头。她看起来很不舒服。离开伦敦的路上，她的身体一直在打哆嗦，喵呜喵呜地拼命叫唤。她的声音又高又尖，一路上没停一下，差点儿把我们给逼疯了。黑猫也在哀叫，但她的声音低沉哀婉，说明她的心里忐忑不安，倒不是受周围环境的影响。每次看到小汽车或是货车经过车窗口，阿灰都会激动地尖叫，我只好把她抱到脚下，这样她就看不到来往的车辆了。可她不喜欢这个办法，因为她还很好奇，想看看究竟是什么“怪物”发出令她害怕的声响，但是等她亲眼看见“怪物”的真容时，又很不舒服。她趴在我膝上，一听到汽车的声音逼近我们，马上抬起脑袋，望着一大块晃来晃去的黑色机器呼啸而过，或向前驶去或是飞驰向后，接着惊恐地喵呜喵呜一阵狂叫。通过猫儿去感受生活中的交通工具，让我学到了崭新的一课，而我们通常一坐上车就对外界不闻不问，因此这种感受是我们平时体会不到的。我们的耳朵听不到那些可怕的噪声——振动声、轰鸣声以及轮胎发出的刺耳声；如果听得到的话，我们也一定会抓狂，就像阿灰一样。

我们无法忍受阿灰的持续尖叫声，只好把车停下，试着将她放进一只篮子中。这下可把她吓死了，她开始歇斯底里地高声狂叫，我们只好赶紧把她抱出来，把黑猫放入篮子中。黑猫倒是很乐意待在里面，让盖子盖住自己的脑袋。在接下来的旅途中，她就一直坐在篮子里，小黑鼻子从篮子的一个小洞中露出来，我们轻轻摸了摸她的鼻子，问她这样子还舒服吗？她用低沉伤心的声音回应我们，但听起来并不像真的难过。或许她的镇定，跟她身怀小猫，多少有些关联。

阿灰还在抱怨。去德文郡这六个小时的车程中，她一路上都在不断叫唤。最后，她钻到前排车座下，但那紧张急促却毫无作用的猫叫声仍不绝于耳。无论我们怎么劝怎么哄怎么安慰，都无济于事。过了一阵子，我们便对她的叫声充耳不闻了，就像我们对窗外汽车的声音毫无感知一样。

那天晚上，我们在一位乡下朋友家过夜。两只猫被关进了一个大房间里，里面放了猫砂盆和食物供她们使用。因为朋友的家里也养了猫，所以不敢放她们出来自由活动。阿灰不想输给黑猫，便忘记了恐惧。她先使用猫砂盆，先吃东西，然后跳上房间里唯一的床。她霸住床，不让黑猫分享。黑猫吃完东西，用过猫砂盆之后，就坐在地板上，抬起脑袋盯着阿灰。趁阿灰跳下床铺去吃东西的当口，黑猫便一跃而上，可是即刻就被赶下了床。

两只猫就这样度过了那个夜晚。至少在我醒来时，看见黑猫在地上盯着坐在床尾的阿灰，而阿灰神情高度警惕，目光炯炯地低头望着黑猫。

随后，我们搬到野外的一栋小屋去住。那是一栋老房子，已经空置了一段时间，里面几乎什么家具也没有，但有一个大壁炉。这两只猫以前没见过明火，看到木柴燃烧起来，阿灰吓得喵呜喵呜地逃到楼上，躲进她睡觉的床底。

黑猫在楼下的房间里嗅来嗅去，发现了屋里仅有的一把扶手椅，便将它据为己有。她倒是对火有几分兴趣，只要不凑得太近，她就不会害怕。

可她却害怕屋外的乡野——此处的田野、草地、树木，全都不是封闭在一个整齐的由砖头组成的长方形中间，而是面积宽阔，连绵数英亩，中间隔着几堵低矮的石墙。

有几天，我们得收拾房子，只得想办法把她们赶到屋外。后来她们知道了原因，自己主动出去了。但一开始不敢走远，就待在窗下的花圃和石头附近。后来就会跑远一点，到一堵野草丛生的石墙那里玩耍。再后来就去了一块四面环墙的空地。就是这个地方，阿灰第一次去便流连忘返。那里长了许多高耸茂密的荨麻、蓟草和毛地黄；小鸟飞来飞去，遍地都是老鼠。阿灰伏在这片小小荒地的边缘，胡须、耳朵和尾巴全都忙碌开了——去聆听、去感受。不过，她仍未准备好接受自己的本性。一只小鸟突然飞落树枝，都能吓得她逃回家中躲进楼上的床底，一待就是好几天。当家中有客来访，或是有人来送木材、面包、牛奶等物品时，只要一听到汽车声，她就感觉浑身不自在，好像自己被人团团围困在屋中，吓得慌忙冲出门外，跑向野外，她感觉那儿更安全。一句话，当时的她已经六神无主，完全乱了方寸，本能对她毫无意义。她还不肯吃东西。猫因为食物难吃，或受到惊吓，或身体不适，不肯吃东西，只靠一点清水或牛奶维持生命，却能存活如此之久，怎么能不令人讶异！

我们总担心她会跑掉——没准这东西会独自跑回伦敦去呢。

在我大概六七岁大的时候，一天晚上，我看见一个男子坐在我家农场的一间茅屋里，在灯下温柔地抚摸着一只猫。我记得他一边抚摸着猫，一边跟她说话，灯影下的他们——一人一猫，构成了一幅我至今难忘的画面，不知怎的，当时我的心里却很不适，慌慌的，不踏实，直至今日，一想起当日那幅情景，一颗心依旧悬着。当时，我站在父亲身旁，与他一起目睹并感受了那一幕。后来男人和猫究竟怎么样了？我努力搜寻着记忆，希望能有意外的收获；我仔细回忆着那照在柔软灰色猫毛上的柔和灯光和那个男子饱含感情的声音，想以此勾起我全部的记忆。然而，我只记得自己当时心里堵得慌，一心巴望着那个男子快快离开。有些事情很不对劲。总之，那个男子想要那只猫。他是一名伐木工人，在离这里大约二十英里的大山里伐木，周末才回到索尔兹伯里的家中，与妻儿团聚。现在问题来了：他干吗要在伐木工人住的帐篷里养猫啊？为什么要养一只成年猫，不养小猫？小猫才会认他做主人，再怎么样也会认帐篷这个家的。为什么他想要这只猫呢？成年猫随时都可能变得很危险，我们为什么要把这只危险的动物送人，送给一个暂时露营在外的陌生人呢？一到雨季，他就可能返回城镇的。为什么？其实啊，问题的答案就隐藏于当晚屋里极不寻常的紧张气氛中。

是我们带着那只猫去的营地。

在一片连绵青山的山脚，是公园般美丽的乡野，四周树木参天，十分宁静。在树林低处有一处空地，搭了许多白色营帐。到处蝉鸣聒噪。当时应该是九月末或是十月，因为雨季快要来临。天气热得不行，也干燥得要命。从远处的树林里，传来锯木的声音，单调机械、毫无变化，如同蝉鸣一般。锯木声一停止，周围立刻静得吓人。“轰隆”一声，又一棵大树被伐倒了，断裂的树枝散发着浓郁且温暖的青草和树叶的气味。

我们在这个炎热而安静的地方过了夜。猫留下了。营地里没有电话，但在第二周周末我们接到那个男子的电话，他说猫不见了，他很抱歉，他按照我母亲交代的，在猫爪上涂了黄油，就是没把猫关起来，因为营地帐篷里没有关猫的地方，现在猫跑掉了。

两周后，在一个炎热的早上，那只猫突然钻出灌木丛，慢慢朝房子爬去。她从前是只毛色光亮的灰猫，如今瘦骨嶙峋的，猫毛粗糙暗淡，眼神狂乱，充满恐惧。她跑到我妈妈跟前，趴在地上，眼睛定定地看着她，为的是确保在这个可怕的世界里，至少这个爱她的人还在。接着，她跳进我妈妈的怀里，咕噜咕噜地叫唤，非常高兴自己终于重返家园了。

天哪，那可是二十英里路呀，或许小鸟在空中飞是十五英里，这么远的路程，通常猫是走不到的。这只猫偷偷溜出帐篷，凭着超人的嗅觉辨别方向，朝着直觉告诉她的方向行走。山里的路很不好走。在我家农场和伐木营地之间只有危险的羊肠小道，全都是难走的泥巴路。通往营区还有足足四五英里远，根本没有路，只有一些车轮碾过干草留下的辙痕。她不可能是跟着车轮痕迹返回家的，她肯定是直接穿过野地，穿过那片荒无人烟的大草原回的家，虽然大草原里有许多老鼠和小鸟供她充饥果腹，但是也有豹、蛇、猛禽等猫的天敌会将她捕食。她大概都是在晚上赶路。她还得渡过两条河。若时逢旱季末，这两条河河道不宽，河里有些石块可供她落脚；或者她可能一直在河岸勘查，找到了一处地点，两岸的大树树枝正好相连，她可以从树枝上爬过河。也许她是游过去的。我听说猫会游泳，但我从未亲眼见过。

就在这两周里，雨季突然降临，两条河也泛滥成灾。暴风雨在上游十、十五、二十英里的地方从天而降，水势汹涌，掀起高达二至十五英尺不等的巨浪，滚滚而下。在雨季第一波洪水冲下来时，这只猫也许就坐在岸边，等待机会渡河。她很幸运，这两条河都没要了她的命。她肯定下过水，因为她的皮毛显然浸过水，后来才风干的。虽然灰猫安全渡过了第二条河，但还要在空旷的荒野中走十英里路。她当时肯定是饿着肚子，气急败坏地盲目乱窜，心中完全无数，绝望到了极点，只知道她必须向前走，朝着直觉告诉她的正确方向行进。

虽然在陌生人造访小屋的时候，阿灰动过逃走的心思，但她并未付诸行动，只是逃到野外藏了起来，至于黑猫呢，她在扶手椅中待得舒服自在，根本懒得动弹。

那些天里，我们手上的事情多得要命，刷墙、扫地、清除好几英亩的荨麻和野草，根本没有空好好做饭，所以都是随便吃吃，能管饱就行。自从阿灰被吓破了胆子，躲到床底不肯露面，黑猫没了死对头，就可以跟我们一起吃饭，可把她高兴坏了。每次我们进屋，都是黑猫缠在我们腿边绕圈圈，咕噜咕噜地撒娇，接受我们的宠爱。黑猫坐在椅子里，看着我们穿着大靴子“咚咚咚”地走进走出，又打量了一下炉火，那红彤彤的火焰，那摇曳晃动的东西，没过多久——转变并非在瞬间发生，她花了点儿时间考虑——便相信了一个被我们视为理所当然的事实：猫和壁炉可以互相接近。

很快，黑猫大着胆子走到壁炉旁边，坐下。过了一会儿，她跳到角落里的柴堆上，而后跃入那个旧烤箱中，显然她考虑过了，觉得这儿比扶手椅更适合做“产房”，但是有人忘了她待在里面，把烤箱门给关上了。在一个狂风肆虐的深夜，房子里传来黑猫凄惨的叫唤声，她在哭诉自己面对命运是如何的无助。黑猫的抱怨是不容忽视的，必须慎重待之，因为她跟灰猫不一样，从来没有无缘无故地抱怨过。我们赶紧跑下楼，那个伤心的声音是从墙壁中传出来的。她被关在了烤箱里，虽然没有什么危险，却吓得魂飞魄散。她又回到地上的那把扶手椅上，她在那儿待过，知道那里很安全。

当阿灰终于决定爬出她避难的床底，来到楼下时，黑猫已然摇身一变，成了这个小屋的女王。

阿灰试图用犀利的目光威吓黑猫，只见她气势汹汹地弓起脊背，摆出凶狠的猛攻姿势，想把黑猫从椅子上吓走，离开壁炉。对此黑猫根本不屑一顾。阿灰见一计不成，便耍起不吃东西的老把戏，想吓唬我们。可她运气不佳，我们大家都很忙，谁也没空搭理她。

黑猫美美地躺在壁炉前面，而阿灰呢，坐在壁炉的远处，望火兴叹。

阿灰坐在窗边，挑衅地冲着摇曳的火焰喵喵叫了一阵子，然后往壁炉前走了几步——咦，炉火怎么没有伤着我呢。再说，黑猫不是就坐在火边嘛，她坐得那么近，胡须都快要碰到火苗了。于是，阿灰又走了几步，坐在壁炉前的地毯上，望着火焰，双耳贴在脑后，尾巴紧张地甩动。慢慢地，她也明白栅栏后面的炉火是好东西。她躺下来打了个滚，把奶油色的腹部向着温暖的火，就像她在伦敦家中晒太阳一样。她向火妥协了，但对黑猫抢了她的头位，却一直耿耿于怀。

有几天，家里就剩我一个人。黑猫突然没了踪影。壁炉前的是阿灰，扶手椅上的也是阿灰。家里的任何地方都找不到她。

阿灰开心地打着呼噜，舔我，轻轻咬我，好像在不断地跟我说，家里就只有她一只猫，多好呀，黑猫不在，多好呀。

我到外面找黑猫，终于在田里找到了她，黑猫躲在那里了。她冲我悲哀地叫了几声，我把她带回屋里，可黑猫一见到阿灰，就吓得四处逃窜，拼命躲着她。我气得揍了一下阿灰。

后来，每当我开车去商店购物或到野外干活时，总发现黑猫一路跟着我到车边，喵喵直叫。她倒不是想上车跟我走，而是压根儿不想让我离开。我驱车离开的时候，看见她护着自己的后方，爬上墙或是躲进树洞里，等我回来才敢下来。阿灰会趁我不在的时候欺负黑猫。黑猫那时候已快临盆，这次怀孕和上一胎的时间靠得很近。再说，阿灰比她强壮很多。这一次我下狠手痛揍了阿灰一顿，并骂了她一通。她大约是明白的。我再离家的话，就让黑猫待在家里，把阿灰锁在门外。阿灰敢怒不敢言。黑猫虽然屈服于她的淫威，但因为有我们撑腰，又夺回了扶手椅，不让阿灰靠近她半步。

无奈的阿灰只能去院子里待着，现在那儿只剩半英亩杂草的残茬。她捉住了几只老鼠，把它们叼进屋子放在地板中间。我们看见十分不高兴，把老鼠全都扔了出去。阿灰一声不吭地离开屋子，在野外待了好几天。

石墙中间有一条小径，小径尽头有一片荒地，我们把那里齐肩高的野草清理干净，发现空地中央是个深水塘。池塘水波不惊，上方斜伸着一棵大树，浓密的树荫遮盖着整个池面。四周芳草萋萋，灌木丛生。

池塘边有一块石头，阿灰坐在上面，望着池水。水危险吗？一大汪水和炉火一样令她感到新奇。一阵微风拂过，水面泛起层层涟漪，一直荡漾到石头边，溅湿了她的爪子。她烦躁地咕噜了几句，跑回了小屋。她坐在房屋大门口，耳朵一动一动的，俯瞰着下方那条通向池塘的小径。过了一会儿，她开始慢慢地走回池塘——但没有立刻动身，阿灰是永远不会这么快承认错误的。她先摆了个姿势，舔舔自己，理顺毛发，表示对刚才的事儿毫不在意。然后她特地选了一条远路，首先穿过院子的高处，然后走下一地石头的斜坡，绕了一圈再到池塘边。石头仍然在水边。池水也依然在那儿，微微晃动。那棵树也依然低垂于池面上方。阿灰像个老太太一样，气哼哼地在湿草地上挑路走。她爬上石头坐下，注视着水面。头顶上方的树枝在风中婆娑摇曳，池水又一次荡漾过来，再一次碰到她的爪子。她赶忙躲开，把身子挺得笔直，那模样儿既紧张又僵硬。她抬头望了一眼树，树枝在风中沙沙作响——这才是她熟悉的场景嘛。她认真看了看流水，然后做了一个动作，我曾看见她面对食物时做过相同的举动。每次给黑猫和阿灰提供她们不熟悉的食物时，她俩都会伸出爪子碰碰它。她们会对着食物戳一戳、拍一拍，然后举起爪子到嘴边，先闻一闻，再舔一舔这个新东西。阿灰伸出爪子想碰水，但爪子停在靠近水面的地方，又收了回来。她还是害怕，差点儿就要拔腿开溜；身上的肌肉因准备随时逃跑而绷得紧紧的。但她最终还是决定迎难而上。她俯身舔了一下水，这个味道她不喜欢，跟她晚上从我床头杯子里喝到的水味儿不同；也跟她将嘴侧放在水龙头下接到的水滴味儿不同。她索性将爪子伸进水里，浸了一会儿，再拿出来舔了舔。是水，没错。水，各种各样的水，这下她都知道了。

阿灰蹲在石头上，脸凑近水面，望着水中的倩影。对影子她已经见怪不怪了，因为她常照镜子。但是水波来回荡漾，搞得她的影子凌乱了。她伸出一只爪子去摸水里的倒影，可是和镜子不同的是，她的爪子直接透过倒影浸入水中，弄得湿答答的。她忽地坐直身子，明显非常恼火。究竟搞什么鬼嘛。她穿过湿草地，仪态万千、昂首阔步走在回家的路上。进到屋后，她先恨恨地看了一眼黑猫，告诉她自己恨死了她，然后坐到炉火前，背对着黑猫。椅子里的黑猫，立刻高度警惕地注视着阿灰的一举一动。

阿灰再度造访池塘。她依旧坐在那块石头上。她注意到，池边的那棵大树是小鸟钟爱的栖息之地。只要她一离开这个地方，它们就会飞下来饮水、嬉戏，或在池面上空来回飞舞。阿灰此趟来池塘，就是为了捉鸟。但是，她没有收获，一只鸟也没逮着。我想，她在小屋那儿也是一样一无所获。是不是因为这一带到处都是猫，小鸟已经有了对策？

夜晚开车行在路上，车前灯总能照到几只猫。在灌木丛里捉老鼠的猫，快跑避开车轮的猫，坐在门口的猫，爬在墙上的猫。

这栋房子的地点十分隐秘，掩映于绿荫高墙之中，与道路和其他房屋完全隔绝。住进小屋的头一周，有几只猫跑来打探消息，看看新屋主是谁，带来了什么样的猫。

一天深夜，我看见一条浅红色的尾巴从一扇敞开的窗户一闪而过。我想应该是只猫吧，便继续睡了。可是第二天，我在商店听人说，达特穆尔高原的狐狸会跑来这儿捉猫吃。我听了一大堆关于狐狸和猫的恐怖故事。但在乡下生活，总不能把猫成天关在屋里吧，再说这里猫多，并不代表一定会引来狐狸或招致其他危险。

那条红尾巴最后被证实是一只俊俏的红棕色猫儿的尾巴，他被阿灰驱逐出屋了。如今，这儿是阿灰的地盘。不久，大门口的猫都会遭到她的驱逐，院门离房屋将近一百码远呢。现在屋子和其周围的地盘都是她的天下。我们常常看见她躺在房前那片高高的草丛间晒太阳，或是在房后那片狭长的野地里卧着，那里有一片沼泽，鸟儿会不时飞来饮水。

突然——家中被什么东西闯入了，篱笆都倒在了一边。一天早上，我去生火，发现阿灰和黑猫都在窗台上，两只猫暂时化敌为友了。原来窗下来了一群臭烘烘的巨兽，在院子里横冲直撞，脚步像雷鸣一样轰隆作响，还会发出恐怖的叫声，这些大家伙她们从未见过。黑猫低声哀怨：真够呛！这究竟是什么东西？我应付不了了，快帮帮我吧。阿灰仗着窗台的保护，躲在窗后发出挑衅的尖叫。附近田野中的牛群冲破我家院子的篱笆，浩浩荡荡地从我家房子旁边经过，向池塘和那片狭长的田野涌去。显然它们知道那儿有肥美的青草。一直到傍晚，才有人过来把牛赶走，而牛群的主人压根就没露面。大约有五十头牛怡然自得地留在了我家附近，搞得两只猫心烦意乱，先是在窗台间来回窜动，然后索性冲出前门，愤怒地喵呜喵呜怒吼。后来，救星总算来了，把那群庞然大物赶回它们自己的地方。

她们毫发无伤。这一次让两只猫长了知识：原来这样的动物一点儿都不危险。过了几天，因为院子大门没关，野地里的几匹小马闯入了院子。这一次她俩处之泰然，一声都没叫唤。八匹小马在旧园子里吃草。阿灰小心翼翼地走过去，趴在石墙上打量着它们。虽然她对马儿很感兴趣，但并不打算跳下墙。她就这样坐在墙头一直看着，直到马儿们自己主动离开了院子。

猫可以花上好几个小时去观察他们不熟悉的生物、活动甚至动作。像铺床、扫地、收拾行李或把行李箱中的东西取出来，甚至缝纫、编织等，他们都看得兴致勃勃。可是，他们到底在看什么呢？几周前，黑猫和两只小猫坐在地板中间，看我裁剪布料。他们仔细观察那把动个不停的剪刀，看我双手的动作，看我把不同布料分门别类地堆好。就这样他们看了整整一个上午。但我认为，他们看到的东西跟我们头脑中所想的不一样。我这么说是有道理的。譬如，每当阿灰花半个小时望着在阳光中飞扬的尘土时，她到底看到了什么？当她看着窗外随风摇摆的树叶时，又看到了什么？当她凝望烟囱上方的月亮时，又看到了什么？

黑猫绝对是小猫们最敬业的老师，从不放过任何一个传道授业的机会。那么，她为什么舍得用一整个上午，让两只小猫分坐她两旁，跟她一起观察金属划过黑布？为什么她要闻剪刀和布料，在工作场所转来转去，然后将自己的观察结果告诉小猫，要他们学着她的样也做一遍呢？只是小猫学得不专心，因为他们有太多游戏可玩，太多本领要学。但他们还是模仿着妈妈，嗅了剪刀和布料，接着又坐下观看。可以确定的是，黑猫是在一边学习，一边把所学到的新知识传授给小猫。

第八章

黑猫在生第二胎之前，身体一直有些不适。她背上秃了一大块，身子很瘦弱。她有些焦虑过度了，早在生产前的一周，就不肯独自待着。平时屋里到处都是人，她身边从不缺伴。到了周末，家里就剩下三个女人。外面天气很糟糕，我们想开车去海边看冷雨瓢泼、狂风肆虐的大海；但黑猫死缠着不肯放我们走，让我们大为光火。这些天我们的心里本来就很紧张，因为她的身体状况不适合哺乳，最多只能带两只小猫。这就意味着我们不得不处理掉其他小猫。

周日上午十点，她就开始阵痛，这是一段缓慢又消耗体力的过程。第一只小猫在下午四点左右出生。她累坏了。小猫出生后好久，她才缓过神来，开始舔孩子。这是一只漂亮的小猫。但我们事先已经说好，尽量别看小猫，别去欣赏这些活泼可爱的小生命。终于，第二只小猫也落地了。这下她已经身心俱乏，难过地喵呜叫着，向我们求助。好吧，我们说，就这样，这两只猫你可以留下，但其他的统统保不住。我们拿出一瓶苏格兰威士忌，喝了不少。然后第三只出生了：好了，好了，该生完了吧？接着第四只、第五只、第六只也陆续降生。可怜的黑猫，这么辛苦生出了一只只小猫，又忙着把他们一只只舔干净，还要收拾猫窝——她待在扶手椅中，一刻也不得闲。最后，她终于把自己收拾干净，小猫崽儿也干干净净地喝着奶。她平躺下来，伸展着四肢，发出咕噜咕噜的声音，看起来无比幸福。

勇敢的小猫，聪明的小猫，漂亮的小猫……没用的，反正我们得处理掉四只。

我们真的下手了。那经历太可怕了。事后，我们其中两个人在夜色中拿着火把，走到外面那块长条形田地里，在连绵细雨中挖了一个洞，将四只死猫掩埋起来。我们边干活边咒骂大自然，咒骂彼此和生命。完事后，我们回到了那安静的、正燃着炉火的房间里，黑猫正躺在一张干净的毛毯上，一只漂亮、自豪的母猫，带着两只小猫——这一次文明再次凯旋。我们难以置信地看着两只小猫，才一会儿工夫他们竟然变得这么强壮了，两个小东西并肩挨着，用后腿站立，小巧的粉红前爪，不住地摩挲着母亲的腹侧。实在无法想象他们死去的样子，但他们能够存活纯属运气；如果一小时前我罪恶的大手、命运之手，从天降临，抓住了他们——那么他们此刻将躺在雨中的田野，埋在沉重湿润的泥土下。那是一个恐怖的夜晚，我们都喝多了，一致决定要把黑猫送去结扎，因为让她遭这份罪，真的太不值了。

阿灰爬上了座椅的扶手，蹲在那儿，伸出脚爪摸了摸一只小猫；黑猫一脚劈了过去，阿灰悄悄逃出房子，跑进了雨中。

第二天，大家都感觉好受了一些，便开车去看海。平静的海面碧蓝碧蓝的，一夜之间天气就转晴了。

黑猫骄傲的咕噜声在整个大房间都能听到。

阿灰叼了几只老鼠回家，把它们放在石头地板上。直到这时我才恍然大悟，原来她是用老鼠来显示自己技高一筹，老鼠是一种礼物。可惜这份礼物不大能打动我们，因为死老鼠实在不是吸引人的东西。她一把老鼠叼进屋，我就立刻把它们丢出去。她看着我，双耳贴着脑后，一脸愤怒。

每天早晨我一醒来，就发现阿灰坐在我床边，地上躺着一只新捕获的死老鼠。

噢，好心的猫儿，聪明的猫儿。非常感谢你，宝贝。但我还是把老鼠丢了出去。黑猫见状，迅速追了出去，把老鼠吃了。

有一次，我坐在院子的石墙上，目睹了阿灰捕猎的情景。

这一天，一层薄云在空中飞速移动，田野、村舍、树丛和庭院全都照不到阳光，显得十分阴暗。阿灰待在一株紫丁香树下，只是树影中的一个灰影。她待在那儿一动也不动，但仔细一瞧，还是能看到她的胡须和耳朵在轻微晃动。因此，当树叶和草丛随微风轻摇之时，她的样子也很自然，不至于静止过度。她正注视着几英尺外的一株草梗，眼珠子咕噜噜地转动。就在我望向她的当口，她匍匐着向前纵身一跃，如同一道灰影从摇曳的树枝上一晃而过。三只小老鼠正在一簇枯草丛中爬来爬去，没有发现她。它们停下来轻轻地咬了几口草根，又向前走了几步，然后坐下来东张西望。怪了，猫怎么没有马上猛扑过去呢？她距离小老鼠还不到四英尺远。我依然坐在墙头，猫依然待在原地，老鼠的小命暂时还没丢。整整半小时过去了。猫的尾巴尖这时摇动了几下，但这个动作不是暗示她不耐烦了，而是在传达这层意思：时间多的是，着什么急呀。一朵身后藏着正午太阳的耀眼云彩，开始洒落一颗颗金灿灿的大雨滴。一滴雨落在猫的脸上。她显然很烦，但身子没动。金子般的雨滴在三只老鼠之间溅落，它们顿时愣住了，赶紧坐直身体往四下里看。我能看到它们正在张望的黑色小眼睛。几滴雨落在阿灰的头上，她甩了甩身子。老鼠僵住了。就在这时，她飞身猛扑过去，如同一道灰色闪电，一阵微弱的可怜的“吱吱”声立刻传来。她直起身子，嘴里叼着一只老鼠，老鼠不停地蠕动挣扎。她扔下老鼠，老鼠在地上爬了几步，她跟在后面，挥出一掌，张开邪恶的尖爪，顺势一捞将老鼠拨到身前。老鼠惊恐地“吱吱”狂叫，她张口一咬，叫声随即停止。她坐下来优雅地舔着毛梳理自己，然后叼起老鼠向我跑来，路上时不时将老鼠抛向空中再张口接住，就像以前叼猫崽一样。她把老鼠放在我的脚边。她自一开始就看到我坐在那儿，只是没有表露出来而已。

家中人陆续离开了小屋，只剩我一个人，我也因此就有了更多的时间，好好宠我的宝贝猫，跟她们说说话。

有一天，我正在厨房桌边，忙着把碟子中的猫食切碎，阿灰突然跳到桌上，吃起了其中的一盘。黑猫在地上等候。但当我把两碟食物都放在地上的时候，阿灰却走开了：她才不要在地上吃呢。

隔天也一样。当黑猫在地上等吃的时候，阿灰试图逼我允许她在桌上这个更优越的地方吃饭。我对阿灰说不行，这要求太离谱了。她竟然一连三天没吃家中的任何食物，不过，她可能抓了老鼠吃，当然是背着我吃的。第四天，她又一如既往地跳到桌子上。我心想：好吧，有意思，看你耍什么花招。她高高兴兴地把盘中食物吃光，眼睛却一直瞟着在地上吃饭的黑猫，好像在炫耀：瞅瞅，我比你得宠吧。

过了几天，黑猫也跳上桌子，想和阿灰享有同样的特权。这时阿灰将耳朵贴着后脑，爬到桌子上方的窗台上，等着我把碟子放到那里给她。她打定主意，要是黑猫能晋升到餐桌上用餐，那她就得水涨船高，到一个更好的地方。

这下可把我给惹恼了，我告诉这两只猫：你们是对讨厌鬼，以后吃饭要么在地上吃，要么就准备饿肚子吧。

阿灰闻言立马离家出走，连续好几天不吃不喝。她整个白天都不在家，然后是一天一夜不回家，有一次甚至两三天不见踪影。若是在非洲农场，到了这个地步，我们就会说：阿灰怕是要变成野猫咯。然后就会想出各种招儿，甚至把她关起来，想方设法让她恢复驯顺的本性。但在人口密集的英格兰，变成野猫大概没那么简单。就算在达特穆尔高原那儿，每隔一小段路也会有一户人家灯光闪烁。

等她下次回来的时候，我心软了。我让她在桌上吃饭，夸奖她，还有点儿冷落了黑猫，毕竟她有小猫陪伴。阿灰回家了，晚上就睡在我的床脚边。每次她叼着老鼠进屋时，我总不忘冲她说几句好话。

黑猫会吃死老鼠，但阿灰却从来不吃。有趣的是，黑猫吃老鼠的时候非得我在场。一旦死老鼠被我接受，阿灰受到夸奖，黑猫就会跳下椅子，开始大快朵颐，她吃得很干净，有条不紊。这时阿灰就在一边看着，也不阻止她。尽管她也试着将老鼠放在桌上或窗台上，似乎希望这些地方黑猫发现不了，但没有一次逃过黑猫的眼睛，黑猫总会爬上去饱餐一顿。

一天早晨，发生了一件不同寻常的事情。

我到奥克汉普顿镇购物去了，回到家时，看到地上放着一个用绿叶堆成的小丘。阿灰坐在旁边，望着我。黑猫和两只小猫崽儿在扶手椅中等着。几只猫全都一脸期盼，希望我能注意到那个小绿堆。

我走过去一看，绿堆下是一只死老鼠。阿灰捉到后把它放在地上，作为送给我的礼物。但因为我回家的时候比她预料的晚些，她就得空做了点儿装饰。也有可能这是对黑猫的警告：

少打这只老鼠的主意。

她一定来回跑了不下三趟，才能从新修剪的树篱那儿叼回这些天竺葵细枝，并仔细盖在老鼠身上。

在我夸奖她的时候，她一直看着黑猫——那是一种充满恶意、自觉高人一等、扬扬得意的眼神。

我曾听说，有时狮子会拖树枝，放到刚捕杀的猎物身上。是为了做记号，还是为了避免豺狼虎豹的抢夺，抑或为了替猎物遮阳？

阿灰是否在历经数千年的春夏秋冬之后，依然不曾忘记自己与狮子曾一脉相连？

但我好奇的是：假使黑猫没有到我家来，假使阿灰仍是我们唯一的宝贝猫，是我们家唯一的主人，那么年届中年的她，是否还会用心良苦地讨我们欢心？是否还能用这么复杂的语言来展现虚荣与自负？又能否捕捉到哪怕一只鸟或一只老鼠？照我推测，她八成是不会的。

第九章

返回伦敦的时间到了。我把阿灰从篮子中放出来，让她待在后车座上，在接下来的六个小时车程中，她又开始像来时一样絮絮地抱怨着，只有在她小睡的时候，车内才有短暂的安宁。但是，她一醒过来，发现自己依然处在水深火热的车中，又开始哀嚎起来，声音比先前还要凄厉。

在回程中，阿灰有个奇怪的表现必须一提：似乎周遭的噪声、颠簸的车子和忐忑的感觉不足以折磨她，她竟然还想目睹车辆呼啸而过——或飞速前行，或疾驰向后——的惊险景象。我敢肯定，她这时的叫声中带有些许快意，就像一个精神病患者，可以以恐惧为乐。

黑猫带着两只小猫崽儿老老实实地坐在猫篮里，有时喂一下奶，在我用手指轻抚她的小鼻子时，她会惬意地发出咕噜声。她一路上都很安静，只有在阿灰叫得特别惨烈时，才会跟着叫上几声。两只猫的声音此起彼伏，好不热闹。黑猫的叫声好像有这层意思：她都可以这么做，我想我也可以吧。不过，她叫一阵子就会停住的。

我把这两只小动物放进屋里，她们马上就认出了自己的家。黑猫带着两只小猫崽儿走进浴室，看来她觉得两周大的小猫到了该学本领的时候了，她想把浴室变成上课的地方。阿灰呢，一回家就上楼了，把床占为己有。

秋天到了，为了要开暖气，我便关起了后门，把猫砂盆放到了阳台上。她们若想外出，叫唤几声就可以。但她们想出去的时候并不多，因为天气转冷后，她们似乎在室内待得十分自在。

黑猫在发情时会烦躁地四处乱窜。在德文郡时，她跟以前一样，产完小猫隔十天便开始发情。那时候阿灰恰好在外狩猎。黑猫把小猫崽儿留在火炉前的座椅中，自己便出去寻找公猫了。可是，不知怎的，附近一只公猫也没有：十有八九全都被阿灰赶跑了。黑猫在伦敦时，只要一开口叫唤，公猫便纷纷跑过花园、跃下院墙，循声而来。可是这里却不见公猫现身，哪怕一只也好。她只好到更远的地方去寻偶。她将小猫叼到楼上，安置于一个她觉得安全的地方，然后走到院门口，坐在一边呼唤号叫。但每隔一小阵子，就会匆匆赶回小猫身边，因为对于黑猫来说，性爱永远无法超越母爱。等她喂饱了小猫后，就又离开了。她几乎什么东西都没吃，只是一个劲儿地嘶声叫唤，把自己弄得憔悴不堪、瘦骨嶙峋。每次我半夜醒来之时，总能听到她在院门边使劲呼唤。但是，她始终没有找到一个伴侣，不过身体倒是很快又丰满了起来，毛色也光亮了许多。

在我们离开伦敦的数月里，家附近的猫成员有了新变化。

原来的猫全不见了。灰色虎斑猫走了，黑白长毛花猫也离开了。这个新的团队中，只有灰斑白猫还是原来的。附近再也没有其他可以与黑猫交配的公猫了，因此灰斑白猫顺理成章地做了父亲，我们都很想知道，这次基因又会掷下什么色子。

那年秋天阴冷潮湿。我去后院的时候，阿灰和黑猫都会跟着去。她们故意步履夸张地走在湿树叶上，相互追逐着回到家，逐渐培养了一点儿感情。但至今为止，她们仍从未替对方舔过毛，或者挨在一起睡过觉。不过，有时她们会在一起玩一会儿。虽然通常先去找对方玩耍的猫，总是会被“嘶”地凶一下，讨不得好。两只猫见面时都显得小心翼翼的，互相嗅一嗅对方的鼻子，好像在问：你，究竟是敌是友？就像两个敌人在握手言和一般。

黑猫的脚步变得越来越沉重，觉也睡得很多。阿灰又成了家中的猫老大，成天要她的老把戏，拼命表现自己。

黑猫又在顶楼的房间生了一窝小猫崽儿，这一次我们让她把六只小猫全都留下了。一想到上次屠杀小猫的惨景，我们至今心还是痛的，这次是真的再也下不了手了。

当小猫大到能够走路时，黑猫下定决心，有一件事她非做不可，而且不达目的决不罢休，那就是她的小猫必须住在我的床底下。因为楼上的房间老是没人在，害得她没人陪伴，也没人疼爱，让她很不高兴。现在是圣诞节，那个读书的姑娘正在快乐的狂欢派对上找乐子呢。黑猫是个倔脾气。她将小猫一只只全叼了下来。我把他们带往楼下的浴室，可黑猫又将他们衔回。我再把他们弄到楼下，她再把他们迁回。最终我以极不讲理的方式取得胜利，我把门给锁死了。

虽然这时候的小猫最活泼可人，可我还是希望他们能快快离开。小猫在你脚边乱窜，小猫在桌上、椅子上和窗沿上，小猫把家具抓得破破烂烂。无论你朝哪儿看，都有一个迷人的黑色小精怪——六只小猫一律都是黑色的，灰斑白猫爸爸对他们的长相没有丝毫贡献。

黑猫守着他们，不眠不休，一心一意，尽职尽责地照顾他们。她喝下一品脱又一品脱的牛奶，远远超出平时的食量。这是因为每当一只猫崽儿走近她的身边，她就得教他该如何喝牛奶。每当其中一只小猫崽儿走到碟子边，她就会示范性地吃上几口。我曾亲眼看见，黑猫撑得一口也吃不下了，一等孩子离开屋子，她便立刻住口，开始舔毛，准备休息。可是过了一会儿，刚才那一只小猫或另一只小猫走了进来，黑猫赶紧又俯身吃了起来，一边吃还一边发出低低的满足的声音——想以此引诱孩子进食。小猫走过来，坐在妈妈身旁，好奇地看着妈妈吃东西。黑猫强迫自己继续吃，但动作缓慢了下来。小猫禁不住诱惑，低头闻了一下食物，但还是觉得妈妈热乎乎的奶水最好喝，于是钻到黑猫的身体下面想吃奶。黑猫严厉地发出一声低吼，小猫听话地走到碟子那里，随便舔了一口盘中食物。他照妈妈的话舔了食物后，便飞快地跑到妈妈身边，而他的妈妈此时已经侧身躺好，等他过来吃奶。

黑猫教小猫用猫砂盆时也一样用心。有时候她刚到花园里方便完，但小猫是需要指导的，所以她爬进猫砂盆中，摆好恰当的姿势，招呼小猫：快过来看我呀。她蹲在那里，小猫在她周围走来走去，看一看，玩一玩。等她发现哪只小猫明白她的用意，便赶紧从猫砂盆中跳出，坐到他旁边，发出鼓励的咕噜声，叫小猫按照她示范的动作试一试。才一丁点儿大的小黑猫学着妈妈的样子。居然成功了！小猫自己都很吃惊。黑猫奖励性地舔了舔他。

黑猫的孩子们从不会随地便溺。事实上，他们就像经过严格训练的孩子一样，在这方面甚至有些焦虑。要是小猫离猫砂盆有些距离时，会吓得喵喵尖叫一声，他会赶紧摆出正确的排泄姿势，紧接着又是一声绝望的尖叫：糟糕，地方错了。黑猫闻声而来，叫他赶紧跑到放猫砂盆的房间去。小猫急火火朝那儿奔去，又喵喵叫了几声，肯定是憋不住尿出了一点儿。进了猫砂盆，他痛快地撒着尿，妈妈陪在旁边，一脸赞许。小猫的表情和姿势都好像在说：“我好棒哦！我是一个讲卫生的乖宝宝！”小猫离开猫砂盆，妈妈赞许地舔了舔他，那看似随意而饱含肯定的轻舔就是一个满怀爱意的亲吻。

搞定了这只小猫，其他小猫呢？黑猫又急匆匆地跑开，去检查他们的小脸、小尾巴和小身体。可是——小家伙们都去哪儿了呢？这么大的小猫刚好可以送人，他们精力十分充沛，整天在屋子里四处乱窜。黑猫疯了似的在屋里冲来冲去，在楼梯上跑上跑下，在房间里跑进跑出，不停地叫唤：“你们都跑哪儿去了？跑哪儿去了啊？”几只小猫蜷缩着身子，一起躲到橱柜里的纸箱后面，故意让母亲焦急。不管黑猫怎么喊怎么叫，就是不出来。无可奈何的黑猫只好“扑通”一声躺在他们附近，看守着他们，她眼睛半睁半闭，以防敌人或者入侵者突然袭击。

她几乎耗尽了自己的心力。小猫们一只只陆续离开了。起初，她似乎并没注意到小猫的离去，直到只剩下两只小猫，她才猛然惊觉。她开始忧心忡忡地看着他们。再后来，家里只剩下一只小猫了。黑猫把她全部的炙热的母爱都倾注于这最后一只小猫身上。但是，到了最后，这只小猫也走了。黑猫满屋子乱窜，喵呜喵呜地寻找他。后来，好像有个开关被突然关上了似的，黑猫一下子忘记了自己的伤心事儿。她上楼回到老地方，爬上沙发睡觉去了。或许，她根本就没生过小猫。

直到她又怀了小猫。小猫，小猫，一群群小猫，赖着不走的小猫。这么多小猫，在我们眼中，如同树叶先从光秃秃的树枝上抽芽，然后变绿、葱茏、凋落，一年四季周而复始。我家的访客总爱问：那只可爱的小猫怎么样了？什么可爱的小猫？他们哪一只不可爱了？！

小猫，一个裹在透明薄膜里的，充满生机的小生物，躺在一摊污血中。十分钟之后，就已经是个湿漉漉而清爽爽的小东西，开始吮吸奶头吃奶了。十天后，虽然还是个眼睛都没睁开的小不点儿，在朦胧间感知到了一个骇人的庞然大物正俯身对着自己时，就会勇敢地张开嘴，发出挑战的“嘶嘶”声。如果是在野外环境里，就在这一瞬间，这个动作便能令他野性爆发，成为一只真正的野猫。但是，这里并不是野生世界，有一只人类的手在抚摸他，他的四周弥漫着人类的气息，有个人类的声音在安抚他。没过多久，他就敢爬出小窝了，因为他坚信周围的那些庞大的生物不会伤害他。他先是蹒跚学步，继而开始到处乱走，最后便是满屋子撒野疯跑。他会蹲在猫砂盆里大小便，会替自己舔毛，会小口喝牛奶，也会抓住一根兔骨头，不让其他小猫抢走。迷人的小猫，美丽的小猫，稚气又漂亮的毛茸茸的小兽——之后，他就走了。他会在新家新主人的照料下，慢慢形成自己独特而富有魅力的性格，因为尽管之前他跟在母亲身边时，还是一只小猫，但他是黑猫的孩子，是一只极具教养的小猫。

或许，像阿灰这只可怜的“老处女”猫一样，最终被我们送去结扎之后的黑猫，再次看到小猫，也会表现得好像不知他们究竟是何物。但是，也许，在她的记忆里，那些有关小猫的知识是永不磨灭的，因为在她生养小猫的日日夜夜，她总是那样全心全意照顾他们，竭尽所有的本能呵护他们，甚至在必要的时候，哪怕为他们而死也在所不惜。

多年前，家里养过一只母猫，后来变成了一只野猫，具体原因我记不大清楚了。虽然在人类的眼皮子底下生活，但她肯定和主人发生过激烈的争吵。或许她承受了太多的冷落和怠慢，超出猫的自尊所能承受的范围，于是离家出走了好几个月。她的样子并不漂亮，毛皮像块破布，上面是黑、白、灰和类似狐狸毛色的斑点、条纹，颜色甚是杂乱。一天，她返回家中，坐在我们房屋周围的林中空地边缘，看着昔日的屋子、家人、大门、其他猫，还有鸡群——一幅她已经被排除在外的家庭景象，然后慢慢爬回了灌木丛中。隔天傍晚，一个金灿灿的静谧黄昏，老猫又出现了。当时鸡群正被赶回鸡舍过夜。大家都说，她也许是冲着鸡群来的，于是冲着她大喊大叫。她弯下身子躲进草丛，随即消失了踪影。第二天傍晚，她再次来到那片空地。我母亲走到灌木丛边缘叫她。她非常警惕，没有靠近。此时她已经大腹便便，显然快要临盆。她的样子，瞧着就像一只憔悴沧桑的野兽，瘦得只剩皮包骨，拖着一个笨重的大肚子。她饥肠辘辘。这一年本地闹旱灾。漫长的旱季使青草枯萎稀疏，灌木丛一片焦黄。放眼望去，全是光秃秃的树木和干枯的草梗，几片细叶在树上迎风飘着，几乎毫无绿意，暗淡无光。灌木丛只剩下一把细枝，满树的叶子纷纷凋落，露出树干和树枝，草原仅剩一片枯黄的草茎。往年在雨季里，我们家所在的这座小山，野草青青，茂密而葱茏，如今却寸草不生。这座山的形状，高低落差极大，先从一个低矮的小山包慢慢升至一个高耸的山脊，再陡然降至一个山谷，此时山下唯剩干枯的枝干和草梗了。鸟类和食草动物或许已经迁往草木更青葱的地方去了。但这只老猫还没有彻底变成一只野猫，不愿离开这个她仍然视以为家的地方。也或许是她太饿了，又怀着小猫，没有力气走远路。

我们拿来牛奶给她喝，她喝是喝了，但显得异常谨慎，全身肌肉一直紧绷着，准备随时逃走。家里的其他猫也跟着过来，看这只离家出走的猫。她喝完牛奶后，又跑回自己的藏身之所。每天傍晚，她都会过来等吃的。我们留下一个人保护她，赶走其他愤愤不平的猫，另一人赶紧回家取牛奶和食物。我们守在她身边，等她吃完再离开。但每次她都非常紧张，总是咬上一大口便往回走，好像在偷食一样。然后又折回到碟子边吃一口，掉头再走。食物还没吃完，就赶紧逃走。她不肯让人抚摸，也不肯走到人的身边。

一天傍晚，我们远远地跟在她后头。她走到半山腰突然消失了。她消失的地点是以前的矿区，有个矿主曾经在那儿开采金矿，故留下了不少矿沟和矿井。其中一些矿沟已经坍塌了——大雨把泥土冲进了沟里。废井里积了几英尺深的雨水。有人拖了一些树枝盖在井口，以防牲口掉进井里。这些坑中肯定有一个是老猫的藏身之地。我们叫她，但她没有应答，于是我们便走开了。

雨季突然来临，暴风雨尾随而至。整日狂风大作，电闪雷鸣，大雨如注。有时候，雨季的第一场暴风雨会持续数天甚至数周。但是那年，却有好几场暴风雨，在两周之内相继登场。青草从地面探出了头，树木和灌木丛也穿上了新绿衣。天气骤然变得炎热而潮湿，万物也生机盎然起来。后来，老猫又出现了一两次，从此便杳无踪迹了。我们猜，她大概又在捉老鼠吃了。在一个暴风雨之夜，狗儿突然高声狂吠，我们听到屋外有猫的叫声，便提着防风灯笼，到门口查看。只见雨水肆意地敲打着树枝，小草被狂风吹得东倒西歪，滂沱的雨水倾泻而下，如同一张灰色的雨帘。小狗站在阳台下，冲着老猫一个劲儿地狂吠。老猫伏在雨里，双眼在火光下发着绿光。她已经生下了小猫，如今瘦得只剩下一副骨架。我们赶紧给她取来牛奶，并赶走恶狗。但她此行的目的显然并非讨食。她坐在雨中不停地叫唤，任由雨水无情地抽打在身上。她需要帮助。我们把雨衣套在睡衣上，跟在她的后面，步入电闪雷鸣、风雨交加的茫茫黑夜里。头顶响起一声巨雷，一道道闪电划过天空，照亮密密的雨幕。我们走到灌木丛的边缘，停下了脚步，注视着前方——前面就是那片废弃的矿沟和矿井了。如果贸然冲入下面的矮灌木丛中，肯定相当危险。但老猫已经蹿到前头，不停呼唤着，我们只好提着灯笼，在暴风骤雨中小心翼翼地穿过齐腰高的杂草和灌木丛。突然老猫不见了，只听得她在我们脚下的什么地方喵呜直叫。正前方是一大堆树枝，这意味着我们正站在某个矿井的边缘，老猫就在矿井里。怎么办呢？井口周围的湿树枝堆得跟小山似的，我们不可能在深更半夜把它们全部搬走的。我们举着灯笼，透过树枝的缝隙看向井内，好像老猫在底下移动，但心中并无十分把握，于是丢下那只可怜的老猫打道回府了。回到家后，大家坐在灯火通明的温暖房间里喝着可可，暖和暖和被雨淋湿、冻得直哆嗦的身子。

但是，我们整夜辗转反侧，难以入睡，心里一直牵挂着那只可怜的猫。第二天凌晨五点，曙光初现之时，我们就赶紧起床。暴风雨已经过去了，但周遭的一切仍在滴答滴答地滴水。我们走出家门，走进清新凉爽的曙光中，东方天空太阳升起的地方，露出几道红色朝霞。我们再次走进被雨水打湿的灌木丛中，来到那个树枝堆旁边，可是没有看见老猫的身影。

这口矿井大约八十英尺深，在井下十英尺左右和更深一点的地方，各有一条坑道。我们认为，老猫一定是把她的小猫藏在第一条坑道内。这条坑道是一条二十英尺深的下坡道。要把那些湿答答、沉甸甸的树枝全部从井口移开，相当费劲，花了我们好长一段时间。挪开树枝才发现井口已经变形，原来规整的正方形已有缺损。周围的泥土往里塌陷，盖在井口的一些小树枝也滑落了下去，在大约十五英尺深的地方，形成了一个简陋的平台，上面堆了一层被风吹进或雨水冲刷而来的泥沙和小石子，很像一层薄地板——不过真的很薄，几乎一触即破。透过这一薄层，可以看见井底积水泛出的微光。不远处，就在距离坍塌井口大约六英尺的地方，有一个四英尺左右的正方形洞口，但这个洞口也塌陷了。若用双手抓紧两边灌木，再将脸颊贴近红泥洞口往里瞧，能够看到洞内的大致情景——也就只能看见几码的距离。隐隐约约有一个猫头露在红泥土外，但好像不会动弹。大概是昨夜的大雨冲塌了坑道，泥沙埋住了猫的半个身子，现在没准已经一命呜呼了。我们大声叫她。一声微弱沙哑的猫叫声从洞内传出来，接着她又叫了一声，所幸她还活着。可问题来了：怎样才能救她出洞呢？这个地方已经被雨水浸湿，随时都有坍塌的危险，固定不住绞盘。而洞内那个由细枝和泥土铺成的平台根本不堪重负，承载不了一个人的体重。它能承载住一只猫的重量，已经不可思议了，更何况这只猫必然一天好几趟地从井口跳往上面，真真匪夷所思。

我们把一根粗绳子绑在树上，每隔三英尺打一个大结，然后把绳子沿着洞边垂下去，尽量少碰泥土，免得太滑手。然后派了一个人带着猫篮沿绳而下，直到能够得着猫的地方。老猫果然就在那里，一动不动地趴在泥泞的红土中。她浑身没有一处干的，已经被冻僵了，身边是她的六只小猫崽儿，可能才出生一周左右，眼睛还没睁开。在前两周的暴风雨中，大雨死劲儿打进洞里，造成坑道两旁和井口部分塌陷。她找到的这个巢穴，原本瞧着既安全又干爽，没想到变成了一个潮湿阴冷、危如累卵的死亡陷阱，令她深陷困境不得出。昨晚她来我们家，是要找人救她的猫崽儿。由于家里的猫狗对她心怀敌意，她本来是不敢靠近屋子的，也许她对人类心怀恐惧，但为了救小猫，也只能硬着头皮迎难而上。然而，当晚她并没有获得帮助。当雨水不断溅落，泥土不断滑落，积水在身后那个正在塌陷的黑魆魆的隧道中不断升高时，她一定绝望透了。但她仍旧给小猫崽儿喂奶，所以他们一只只全活着。小猫被放进篮子里时，龇牙咧嘴地“嘶嘶”叫着。母猫此时已近乎完全冻僵，无法靠自己的力量爬出洞口。那些凶巴巴的小猫崽儿被施救的时候，她就趴在烂泥中等待。过了一会儿，篮子又垂了下去，她也被拉出矿井。她们一家七口全被带回了家，在那里她们有了自己栖息的角落，有食物吃，也会得到周全的保护。后来，小猫渐渐长大，各自都找到了新家。老猫则一直留在家里，再次成了一只家猫——好像她后来又生了小猫。

第十章

春天来了。房门全都敞开。大地散发着泥土的清香。阿灰和黑猫在花园里追逐嬉戏了好一阵子，然后跃上墙头，懒洋洋地躺在那儿，晒着春日微弱的阳光——但挨得并不是很近。过了一会儿，她俩打了个滚儿，翻身起来，小心地走到对方跟前，鼻子对鼻子地嗅嗅这边闻闻那边，然后分道扬镳：黑猫回屋里去尽母亲的职责，阿灰出去捕食。

阿灰自从德文郡回来后，捕猎水平更上一层楼：身手更加敏捷，下手越发狠准，感觉也益发灵敏。她会悄无声息地躺在墙根，盯着树看，一连好几小时纹丝不动。一看见鸟儿从树上飞落，她便飞身猛扑过去。不过，有时她也会一改平日习惯，放鸟一条生路。从剧院的平房顶上，可以看到邻居花园的一隅，鸟儿们常到那儿嬉戏、觅食。阿灰躺在房顶，没有采用卧姿，而是舒展着四肢趴着，下巴搁在脚爪上，没有摇动尾巴。她并没有睡着，一直盯着椋鸟、画眉和麻雀，神情非常专注。过了一会儿，她站起身来，缓缓地拱起脊背，伸伸后腿和前腿。鸟儿一看到她，登时呆住了。但这位捕鸟高手只是打了个哈欠，瞧都没瞧它们一眼，就沿着墙边她的最佳路线，优雅地打道回府了。有时她会坐在我的床底，望着窗外的鸟儿，或许只有尾巴在轻轻摇动——其他部位没有一丝动静。她可以坐在那里旁观半个小时，看不出半点行动的意思。或许只是表面看着如此。突然，一个什么东西激发了她作为猎手的本能。只见她动了动胡须，嗅了嗅，便离开床底，跑下楼梯，冲进花园。此时的她已经摇身一变，成了一只危险的野兽，顺着墙根慢慢爬行。她轻轻往墙头一跃，但没有跳到墙上，而是像卡通片里的猫一样，用爪子勾住墙头，把下颌搁在墙上，用后腿支撑着身体的重量，警惕地观察着隔壁院子的风吹草动。她的姿势非常滑稽，让人忍俊不禁。为什么这么说呢？一方面是因为终于有一次阿灰忘记了自己的形象，没有摆出美美的造型，更没有做哗众取宠的事儿；另一方面是因为她如此专心致志地去做一件如此无聊的事儿：去杀死一只她根本不会吃的小动物。这么大的反差，着实令人捧腹。

就在你余笑未尽之时，阿灰已经越墙而去，捕着了一只小鸟，衔着猎物返回墙头。她叼着小鸟向屋子跑来——糟糕，进不去了，那些不可理喻的人类已经狂奔下楼，把后门给关上了。阿灰只好在花园里耍玩那只小鸟，直到腻味了才罢手。

一天，一只鸟掠过屋顶向下飞翔的时候，没有及时看到屋檐，一头撞到上面，掉落在地，昏迷不醒，也许已经一命呜呼了。当时，我和阿灰正好在花园里。我们一起走向鸟儿。阿灰对地上的小鸟兴致索然——好像在想：一只死鸟，有啥好看的。我忽然想起，自己曾经用温暖的双手让黑猫起死回生，于是沿用前法，把小鸟捂在掌心。我坐在花坛边上，阿灰坐在我身边，看着我。我用手托着小鸟，放在我们中间。小鸟动了一下，哆哆嗦嗦地打了几个激灵，然后抬起脑袋，慢慢睁开眼睛。我看了看阿灰，她没有反应。小鸟用冰冷的爪子撑住我的手掌心，像婴儿那样使劲儿蹬着脚站了起来。我让它待在掌心，用另一只手把它捂住，小鸟好像瞬间充满了活力。阿灰静静地看着这一切。我托起鸟儿举高，它在我手中待了一会儿。阿灰还是没有反应。接着小鸟张开双翅，冲向天空。就在这最后一刻，阿灰的捕猎本能突然被激发了，只见她全身肌肉一紧，朝鸟儿飞去的方向一跃而起，但鸟儿早已飞远。她放松了一下身体，开始给自己舔毛。阿灰刚才捕鸟的动作和她生第一胎小猫时的行为颇为相似——她曾受到本能的驱使，为小猫找窝，但她只是随便找找，便无果而终。阿灰只是做了某些动作，但并未全力以赴，因为她心中并不清楚，自己究竟在干什么；她行动的时候只是听从本能的吩咐，并不能算是一个完整的生命体。

兴许是小鸟的某个特定动作，像个特别的信号，会激发潜藏于猫身上的狩猎者本能。因此，在鸟儿没有做出那个动作之前，猫对它无动于衷，觉得那个小东西跟自己无关。又或者可能是某种声音。我十分确定，被捉住的鸟儿狂乱的啾鸣声和老鼠急促惶恐的尖叫声，均能激起猫去折磨去蹂躏的欲望。毕竟，就是对人类而言，绝望恐惧的声音一样会引起强烈的情绪：惶恐不安、愤愤不平或者不以为然——它能触及人们心中的道德意识，让人忍不住想解救那只小动物，狠揍一顿猫，或者索性关上大门，免得去听去看外面的惨剧，不知者无罪嘛。但只要把那根螺丝稍稍一拧，也许你也会压低下巴、伸出魔爪，对付那柔软的肉体。

但那个螺丝究竟是什么玩意儿？这才是问题之关键。

或许对猫来说，它不是声音，而是另外的什么东西。

伟大的南非博物学家尤金·马雷，曾在他的杰作《白蚁之魂》中，描述了自己是如何发现一种甲虫的交流方式。这种甲虫土名叫咚咚锵（toktokkie），没有听觉器官，但是任何一个生长在草原上的人，都知道这种虫子有一套发声系统，会发出微弱的敲击声。他描述了自己曾花费数周时间，仔细观察这种甲虫，思考它们的问题，并进行大量的实验。有一天，他突然灵光一闪，朦朦胧胧地意识到一个事后看来显而易见的事实：那不是真正的叫声，而是甲虫振动身体发出的声响，只是该振动声太微弱，超出我们人类的听觉范围。譬如某个炎热的晚上，大自然把“喀哒声”、“吱吱声”、“叽喳声”和“嗡嗡声”谱成一首虫鸣交响曲，而我们人类就是通过这首曲子，体验昆虫的奇妙世界。但对昆虫而言，这些都是不同的信号，是我们人类太愚钝，无法了解其中的含义而已。的确，真是这么回事儿，好明显呢。是的，只要你悟到这一层，事实就是这么明明白白。

在我们眼前，有太多我们不知道如何去解释的复杂语言。

有些东西你可能观察了十几次，你心想，它多迷人，多奇特，但真相往往是在你毫无预料的情况下突然大白于天下。

比方说吧，黑猫生的小猫长到会走路的阶段时，阿灰总是趁着黑猫不注意的时候，悄悄爬到一只小猫身边——怪就怪在这里——在她眼里，好像小猫是个新东西，好像她自己从未生过小猫似的。她总是从小猫的身后或旁边偷溜过去，闻一闻小猫，或者试探性地把脚爪伸到小猫身上去，有时还会飞快地舔他一两下。但是，她从来不会从小猫前面走过。我从未见过她从前面走近小猫。要是小猫突然回头面对她，虽然望着她的眼睛友好而好奇，没有一丝敌意，她也会龇牙咧嘴地连连后退，竖起浑身的毛，因为她身上的某种机制在提醒她：速速避开！

我以为只有阿灰才会这样，因为她的女性和母亲的本能已被剥夺，而且她是个十足的胆小鬼。但在两周前，一只只有五周大的小猫第一次在花园里散步，他闻来闻去，探头探脑，四处探险。他的父亲，那只灰白公猫，走了过来，他也是跟阿灰一样，小心翼翼地走到小猫身后，闻了闻他。小猫回过头来，望着这个他从未见过的新面孔，吓得大公猫连忙后退，惊恐地“嘶嘶”低吼。堂堂一只大公猫，被一个只要他一挥爪子便能取其性命的小家伙吓成这般模样，真是大煞风景。

莫非是大自然在暗中保护这些尚无自保能力的小动物，使其免受成年同类动物的威胁和伤害？

我们家的两只猫一只已经四岁，另一只也有两岁了。

若是幸运的话，阿灰的生命旅程还没走到一半。

就在不久前的一天，我们都上床睡觉了，她还没有返家。那一夜她整宿未归。第二天，依然不见她的踪影。那天晚上，既然阿灰没有守在她那身份尊贵的宝座上，黑猫便当仁不让，取而代之了。

到了第二天，我开启了全副心理防御机制：好啦，不过是只猫罢了。然后像往常一样四处打听：有人见过一只外表像暹罗猫、腹部呈奶油色、带黑色花纹的灰猫吗？可是，没有一个人看到她。

好吧，等黑猫下次再生小猫，就留下一只在家里，这样至少家里的两只猫可以友好相处，互相陪伴。

阿灰失踪了整整四天才回家。她是沿墙边一路跑回来的。或许她是被人偷走了，现在才逃回来；又或许她去了一户喜欢她的人家里小住了几日。

看到她去而复返，黑猫好像不太高兴。

家里常有人在背地里教训她们：傻瓜，白痴，你们两个为什么不能做朋友呢？想想看，你们成天这样，少了多少乐子！好好在一起玩耍，多有意思！

上个星期，我一不小心踩到了阿灰的尾巴，痛得她一阵大叫，黑猫闻声旋即一跃而下，想一招取其性命。黑猫的动作纯属条件反射。她想，阿灰失宠了，没人保护她了，自己有机可乘了。

我立刻向阿灰道歉，又夸了她俩一番。两只猫一声不吭地接受我的褒词，眼睛却须臾不离对方。过了一阵子，她俩才走开，去不同的盘子里吃东西，在不同的地方睡觉。阿灰躺在床上翻滚一会儿，打了个哈欠，舔了舔毛，把自己打扮清爽，然后满意地发出咕噜声：瞧我，我才是家里最受宠的猫，是猫老大，是集力量和美貌于一身的猫中王后。

因为黑猫此时身边没有小猫，所以她喜欢待在大厅的一个角落里，背对着墙，这样既可以观察花园里是否有不速之客闯入，同时阿灰上下楼梯的情景也可落入眼中。

她只有在半眯着眼睛打盹儿的时候，才恢复她的真面目。因为这时的她不再受母性所囿，用不着整天风风火火地围着小猫打转，才得以露出她的真我本色：一只毛色光鲜、强壮结实的小动物。她，一只浑身漆黑的猫，端坐于地，身体曲线玲珑，侧影高贵冷傲。

“来自黑暗世界的猫！冥界的猫！炼金术士的猫！午夜之猫！”

但今天，黑猫对我的夸赞显然不感兴趣，她不想被打扰。我轻轻摸了摸她的脊背，她微微拱了拱，舒服地咕噜了一声，礼貌地对我这个非猫族的人类的爱抚表示感谢，接着继续目视前方，进入到那隐藏于她黄色眼睛背后的神秘世界。

幸存者鲁弗斯

第十一章

雁过留声，猫过留痕。在整个春夏两季，每当我踏上人行道的时候，总会有一只脏兮兮的橘猫，从某辆车子底下或是某家前院蹿出来，站在街上，望着我。他的目光那么专注，我无法不注意到他。他似乎有什么要求，但他到底想要什么呢？人行道上的猫，花园墙头上的猫，或是人家大门前走向你的猫，常会舒展四肢，摇摇尾巴，跟你打招呼，陪你走一小段路。他们或是想要有人做伴，或是被无情的主人关在门外，常常整天或整夜都无法踏入家门，希望得到你的帮助。他们不停地喵呜喵呜大声叫着，声音中充满乞求，告诉你他此刻饿了或是渴了或是很冷。一只猫在街角绕着你的双腿打转转，可能心里正在盘算：他可以离开自己那糟糕的家，换个更好的去处吗？但这只猫不叫唤，只是看着你，一双黄灰色的眼睛，若有所思地死死盯着你。我没理他走开了，他却试着跟了过来，一边走一边抬头看着我。每当我进出家门的时候，他总会出现在我的眼前，让我很是良心不安：他是不是饿了？我取了一些吃的走出家门，放在车底下。他只吃了一点儿，剩下一大半。但我看得出，他是饥一顿饱一顿的，无处可去。他在这条街上有家吗？是不是家人没有好好照顾他？他似乎最经常待在离我家不远处的一栋房子周围，有一次我还看到，一位老太太走进房子时，他也跟了进去。这么说他不是无家可归。可是，他就是喜欢跟我到大门口。有一次，街上突然拥来一大群学生，他们在路上大喊大叫，吓得他慌忙逃到我家小前院，站在门口惊恐万分地望着屋中的我。

他不是肚子饿，而是口渴。或许是渴得太厉害，连肚子饿了都成了次要的事情。那是1984年的夏天，连日来天气持续高温。那些整天有家难回的猫，因为没水喝，口渴得难受。一天晚上，我在前门廊上放了一盆水，第二天早上，盆里空空如也，一滴水也不剩。因为高温天气没有停止的迹象，我在后阳台也放了一盆水。猫只要顺着院子里的紫丁香树爬上来，再从一个小屋顶猛地一跳，就可以喝到阳台上的水了。这盆水同样也是每天都被喝得一干二净。在一个烈日炎炎、尘土飞扬的日子，我看到那只橘猫跑到我家后阳台上，蹲在水盆前喝水，他咕嘟咕嘟大口猛喝，整盆水被他一口气喝光，但还不够解渴。我重新把水盆装满，他又蹲下来，喝光盆中的水。这样喝水，说明他的肾出了问题。趁现在有空，我仔细打量了他一番。一只骨瘦如柴的猫，脏兮兮的皮毛包着突起的骨头。但他的毛色很美，火一样的颜色，像狐狸一般。他是本地人口中的“健全的猫”，也就是说，他的尾巴底下有两个端正的毛茸茸的蛋蛋。他的耳朵伤痕累累，都是打斗留下的伤疤。现在，我们进出家门时，他再也无须在门口徘徊了，因为他已经远离了街头的危险生活，告别了呼啸而过的车辆和乱冲乱叫的学童，从房子前面搬到了房子后面，那里有狭长杂乱的花园、枝繁叶茂的树木和连方成片的灌木丛，以及许许多多的小鸟和猫儿。他喜欢待在我们家的小阳台上，那儿放了一些盆栽，围着一堵小矮墙。阳台上方垂着紫丁香树的枝蔓，上面又停了不少小鸟。他躺在矮墙的狭长阴影中，旁边的水碗总是空的，而他只要一看到我，就会立刻站起来，站在碗边等我加水。

家里人都明白，现在必须做出最后的决定了。我们真的打算再养一只猫吗？家里已经有两只帅气、懒惰、被阉过的大公猫了，而这两个家伙早已过惯了好日子，平日里无须争抢就应有尽有，所以理所应当地认为，充裕的食物、舒适的生活和温暖安全的环境都是他们应得的权利。不行，家里不能再添一只猫了，更别提还是一只病猫。虽然决定如此，但我们还是会给这只弃猫送水送食物的。我们把吃的放在阳台上，让他知道这是一种恩惠，而不是他应该享有的权利。因为他不是我们家养的猫，所以不能进屋。我们开玩笑地说，他是我们养在家外的猫。

气温依然居高不下。

他必须去看医生。但如果我们带他去看医生，就表示他是我们的猫，这样一来家里就有三只猫，而家中的那两个“小气鬼”早就一肚子怨气，成天防着他，总觉得自己被冒犯了，因为这个新来的家伙似乎也有权利享受到我们的照顾，虽然他的权利有限。再说，那位他时不时去拜访的老太太怎么办？我们望着他步履僵硬地沿着一条小径往前走，再转向右方，从篱笆下钻过，穿过一个花园，再穿过另一个花园，橘红色的身影，映衬于夏末暗淡的草色下，煞是鲜艳。接着他就消失不见了，大概是去了某户人家的后门，想来这个家庭待他不错。

酷暑终于离去，但雨季却不期而至。橘猫站在雨中的阳台上，盯着我们看，身上淌着雨水，印出一道道黑条纹。我打开厨房门，让他进来。我跟他说，他可以躺在这把椅子上，但就只能乖乖待在上面；这是他的椅子，不准巴望别的东西。他爬上椅子，躺在那儿，定定地瞅着我。瞧他的神情，仿佛深知在命运垂怜之时要好好把握，免得机会稍纵即逝。

雨停了，我仍旧将通往阳台的门敞开，方便欣赏花园和树木的美景。让玻璃和窗帘把景致全都关在外面，我们可不愿意。所以橘猫仍然可以沿着紫丁香树爬下去，到花园里方便。他在厨房椅子上躺了一整天，偶尔会笨手笨脚地爬下来喝碗水。现在他很能吃，只要一看到放食物或者清水的碗，就一定得跑过去吃一点儿或喝一点儿，因为他知道，他从来都没资格把一切当成理所当然。

这只猫曾经有过一个家，只是后来被遗弃了，他知道做一只家猫、一只宠物是什么样的滋味，他希望被人疼爱。像他这样的境遇许多猫都经历过。他曾有个家，有疼他爱他或自以为疼他爱他的人类朋友，但这个家不是很好，因为这家人经常外出，让他自己到外面觅食找地方住。要不然就是方便的时候养他，搬家的时候就弃之不顾。有段时间，橘猫会到那位老太太家去吃东西，但她给的食物好像不够吃，不然就是没给他水喝。近来他的气色变好了很多，但还是不愿意清洁打理自己。确实，他的身体不太方便，但主要是对自己失去了信心，看不到未来的希望。莫非他认定了自己这辈子再也找不到新家？几天后，他明白了我们不会把他赶出厨房，此后只要我们一踏进厨房，他就会发出热情的咕噜声。我，以及我家的客人，都一致认为，我们这辈子都没听过那么响亮的咕噜声。他躺在椅子上，腹部两侧不停地上下起伏，咕噜声响彻整栋房子。他想要我们知道，他很感激我们的收留，这个咕噜声是他特意发出的。

我们拿来刷子，替他把皮毛清理干净，给他取了一个名字叫鲁弗斯，并带他去看兽医。种种行为均表示我们已经承认，他是我们家养的第三只猫。他的肾脏很糟糕，一只耳朵烂了，还缺了几颗牙齿，有关节炎或是风湿病，心脏也有小问题。但是，他并不是一只老猫，最多只有八九岁，要是照顾得好的话，现在正是身强力壮的时期，而他很可能过了很长一段朝不保夕、苟延残喘的日子。那些在大城市里翻垃圾吃，向人讨食，在恶劣天气露宿街头的猫，大都不长寿。要是我们没有施以援手救治他，说不定他已经命丧黄泉了。我们给他服用了抗生素和维生素。就在我第一次带他去看兽医没多久，他就开始艰难地替自己清理皮毛。但他的身体有些地方太僵硬了，他根本舔不到。他得非常辛苦、非常努力，才能成为一只干净、有修养的猫。

这些清洁工作都是在厨房的椅子上完成的。他害怕离开椅子，那是他的地盘，他小小的栖身之所，他人生的落脚点。每次他走向外面的阳台，总会盯着我们看，担心我们关上门不让他进来。他最害怕的事情就是被关在门外。只要我们哪个动作，在他看来像是去关门的样子，他就会拖着病体慌慌张张地跑进来，爬上他的椅子。

他喜欢坐在我的腿上，每次一坐上来，就会感激地发出咕噜声，并抬起头，用那双聪慧的黄灰色眼睛望着我：瞧！我说了，我是懂得感恩的！

一天，他命运的主宰者正在厨房里喝茶，他突然跳下椅子，慢吞吞地走向那扇通往其他房间的门。他走到门前停了下来，回过头，小心翼翼地看着我们。他是在明明白白地询问：我可以去家里的其他地方吗？我可以成为一只名副其实的家猫吗？现在我们倒是乐意邀请他随意出入。可是如果他老老实实待在厨房里，做只安分的厨房猫，家中的另外两只猫似乎还能容忍他的存在，否则后果不堪设想。我们指了指他的椅子，他忍着不悦爬回椅子上，静静地躺在那儿，满脸失望。但是过了一会儿，他的腹部又开始上下起伏，又开始发出感恩的咕噜声。

不用说，他的隐忍让我们倍感心酸。

隔了几天，他跳下椅子，小心翼翼地走向同一扇门，在门前停下脚步，回过头来等我们的指令。这次我们没有说他必须回到椅子上。于是他继续前行，踏进其他房间，但也没走多远。他在浴缸下发现了一个栖身之地，便住下不走了。另外两只猫赶紧过去查看他的行踪，还跑来询问我们的看法。但我们认为，这两个年轻的“王子”应当与他人有福同享。屋外正值凉秋，寒冬将至，我们不得不关上厨房门。但是该如何解决这只新来的猫的如厕问题呢？最近一段日子，他只要想方便，就会走到厨房门前，等我来帮他开门。但他到了阳台上，因为身体不便，就不想跳到下面的小屋顶上，再沿着紫丁香树爬到花园里，于是在阳台上原本准备用来种植植物的花盆中解决内急问题。我随即在阳台上放了一个装着泥灰的大盒子。他一下子就领会了我的意思，以后便在那儿如厕了。但是，我得替他倒粪便，真的很烦人。房子底楼有一个猫洞通向花园，所以我们家的两只猫从来没有在屋子里便溺过，一次都没有。不管刮风下雨，还是雪花飘飘，他们都会一如既往地到屋外去上厕所。

冬季才刚刚如约而至。晚上，我们和两位“原住民”，即那两只拥有合法名分的家猫，一块儿待在客厅里，而鲁弗斯则躺在浴缸底下。一天晚上，鲁弗斯的身影突然出现在客厅门口，他的样子就像是那些无依无靠、饱受凌辱、伤痕累累的生灵的化身，在我们这些衣食无忧、享有特权者的眼里，活像一个恐怖的幽灵。他瞥了一眼自己的劲敌，那两只公猫，而后用他那双聪慧的眼睛一直看着我们。我们会说些什么呢？我们说，好吧，他可以到暖气旁的那张旧皮椅垫上去坐，这里的暖气能让他浑身酸痛的骨头舒服些。我们捶捶椅垫，弄出一个凹洞。他爬进凹洞，小心地蜷起身子，然后发出感激的咕噜声。他不停地咕噜咕噜叫着，声音十分响亮，而且没完没了，吵得我们都听不到自己说话的声音了，只得拜托他安静下来。我是实话实说，绝非夸大其词。我们不得已只能调大电视音量。但他很有自知之明，深知自己有多幸运，也想让我们了解，他懂得惜福知恩。我在顶楼，依然可以听到从两层楼下传来的有节奏的、响亮的咕噜声。这表明鲁弗斯醒了，在向我们表达他的感激之情；或者他可能还在卧榻酣睡，只不过是一边睡，一边发出咕噜的声响而已。可是一旦他打起了呼噜，便没完没了，根本停不下来。他蜷缩着身子躺在那儿，紧闭双眼，腹部像鼓风箱似的上下起伏。鲁弗斯是刻意发出这种咕噜声的，因此总让人觉得他的声音过于不同寻常，过于处心积虑。但是，每当我们望着这只绝处逢生的老猫，听着他那雷鸣般的咕噜声，总会想起，他曾经倚仗自己的聪明才智，历尽种种命悬一线的险境、孤注一掷的冒险与艰难坎坷的苦难，最终才得以活到今日。

但我们家另外两只猫很不高兴。一只叫查尔斯，本名是查理王子，但并非以当今王储的名字命名，而是为了纪念历史上几位风流浪漫的王子。他是一只英俊潇洒的虎斑猫，善于表现自我。至于他的个性，还是少说为妙——总之他的生平事迹愧对他那响亮的名字。另外一只猫是查尔斯的哥哥，他有一个正式的全名。在他刚长大时，个性便十分鲜明，于是我们赠予了他这个名号，称他为粉鼻将军三世，既表达对他的赞赏之情，同时也提醒自己，即使是你最悉心照料的猫，最终也会离你而去。我们以前看到过同样的猫，他们的鼻子上也有一小块粉红冰激凌的颜色，但位置是在鼻尖，鼻子轮廓没他那么高贵，模样也没他那么威风。有些人在不同时候都有不同的绰号，而我们家的猫亦是如此。最近，因为强烈的道德意识，看到任何场面，他都会暗自评判一番，因此我们尊称他为主教，或布奇奇主教。这两只猫待在各自的地方，下巴搁在脚爪上，监视着鲁弗斯的一举一动，但并未发表意见。查尔斯喜欢待在暖气下面，而布奇奇中意的是一只深篮子的顶部，这样他就可以将家里发生的一切尽收眼底。他是一只器宇轩昂的大帅猫。我平时看惯了不觉得，只知道他长得很帅，但只要出一趟门回家后，看到这只壮硕的猫身上黑毛乌黑发亮、白毛纯净如雪，再加上一双黄眼和白胡须，此等威仪着实令我倾倒，不由得感慨万千，原来一只像布奇奇这样的普普通通的土猫，只要能提供上好的食物，并给予悉心照料，亦能令无数人类竞折腰。公猫若是没有结扎，无论刮风下雨，都得外出求偶，因此他们的模样自然要逊色于布奇奇，体型也更瘦小，或至少显得更憔悴、更精瘦，浑身都是打斗留下的伤痕。话虽这么说，我本人是不喜欢给猫做结扎的，对此甚至可以说是深恶痛绝。

不过，最适合布奇奇的名字是大帅猫，但这个故事的主角并非布奇奇。

查尔斯会在自以为神不知鬼不觉的时候，把鲁弗斯逼到角落里恐吓他。从小到大查尔斯都无须动用武力与别的猫儿竞争，而鲁弗斯这辈子都是靠打斗为生。但他身体太过羸弱，查尔斯只需猛击一掌，便可把他打倒。但他并不畏惧，而是马上坐好，用老练世故的眼神紧盯着对方，耐心而警惕地等待时机，像个不屈不挠的勇士。任谁都能看出，查尔斯若胆敢靠近鲁弗斯，最终会落得怎样的下场。至于大帅猫，他对这种竞争不屑一顾。

鲁弗斯刚到我们家的几周，体力尚未完全恢复，一直待在家里，大门都没迈出去一步。但他时不时会到阳台上的泥灰盒中方便，即使在那，他的视线也不曾离开过我们。直到现在，只要他觉得自己可能被关在门外，就会惊恐地小声呜呜叫，赶紧一瘸一拐地跑回屋子里。直到现在，他仍旧十分害怕失去这个得来不易的避难所，因为在此之前，他已经历了太久无家可归的日子，被饥渴折磨得形销骨立，所以，他不敢随意踏出家门半步。

冬季一天一天过去了。鲁弗斯躺在椅垫中，只要他一想到过去的不堪生活，就会冲我们发出感激的咕噜声，接着望望我们，又瞧瞧另外两只正紧紧盯着自己看的猫，然后采取一个新的行动。现在我们已经知道，鲁弗斯做任何事情，都有充分的理由，绝对不会贸然行事，向来是谋定而后动。黑白花猫布奇奇，是家里的猫老大。他是在这栋房子里出生的，跟他同一胎的还有五只小猫。可以说，是他跟他母亲一起拉扯大了他的兄弟姐妹，但他母亲其实还不错，只是心力交瘁，力不从心而已。因此谁是那群小猫中的老大，这一点毫无异议。现在鲁弗斯下定决心竞争猫老大之位。他身体状况欠佳，不能靠武力取胜，因此他决定利用病体大做文章，因为生病，他已经赢得了许多关心和同情。每晚粉红鼻子将军，也就是大帅猫布奇奇都会跳到沙发上，挨着我躺一小会儿，以确立他对这个位置的所有权，然后才跳回他最喜欢的篮子顶部。我身边的位置，是全家最好的地方，因为只要布奇奇有这个想法，这个地方便与其他猫无缘。譬如，查尔斯就不准躺在我的身边。而此时鲁弗斯却故意走下椅垫，来到我坐的地方。他抬起身子，让前脚先搁到沙发上，然后艰难地把后腿挪上来，坐到我的身边。鲁弗斯的这个行为是经过深思熟虑的，就像他当日站在厨房门前，扭头看着我们，猜测我们是否会允许他踏入主宅一样；也跟当初他站在客厅门口，想试一试我们是否会允许让他进去，加入这个大家庭时一样。他看了看布奇奇，又看了看我们，然后随意扫了查尔斯一眼。我没有赶他走。我狠不下心。布奇奇只是看着他，然后慢吞吞（但帅气十足）地打了个哈欠。我觉得把鲁弗斯赶回皮垫去的应该是布奇奇。但他却迟迟没有行动，只是在一旁看着。难道他是在等我出手吗？鲁弗斯小心翼翼地躺下，因为他的关节酸痛，躺着会更舒服些，然后感激地咕噜咕噜叫着。所有养过动物的人都遇到过想与动物交谈的时候，而我此时正是如此。他以前遇到过什么事儿？是怎样学会筹谋和算计的？又是怎样变成一只如此有想法的猫？好吧，他靠的是天资聪颖。可布奇奇和查尔斯也很聪明呀。（当然，也有一些傻乎乎的猫。）好吧，就算是他与生俱来的秉性吧。可我还真的没见过哪只猫像鲁弗斯这样善于思考，把自己的每一步行动都计划得如此周全。

鲁弗斯躺在我的身边，十分感激地发出响亮的咕噜声，因为他作为一个流浪猫住进这里也不过短短几周，就赢得了客厅里最好的位置。“嘘，鲁弗斯，你的咕噜声太大了，我都没法想事情了。”但是我们语言不通，我无法向他解释，就算他不用响亮的咕噜声向我们表达谢意，我们也不会把他扫地出门的。

我们逼他吃药时，他会轻声抗议几句，可能他把这个当作他留在避难所应付的代价。有时，在我们用棉花棒替他耳朵抹药弄疼他时，他会爆粗口，但不是在骂我们。他只是骂习惯了，就像所有在磨难中摸爬滚打的人一样爱说脏话，但并没有针对具体哪一个人。然后他会舔舔我们的手，让我们知道他并不是在骂我们，接着又发出他那招牌式的咕噜声。我们摸了摸他，他粗哑地呜呜叫了两声以示谢意。

大帅猫布奇奇若有所思地看着他的举动。他的个性关乎鲁弗斯的命运。他太过骄傲，对竞争不屑一顾。每次我和他一起待在顶楼，亲密地说着话时，要是查尔斯恰好进来，他就会干脆从床上或椅子上跳下来，走到楼下去。他不仅容忍不了有失身份的竞争，也无法接受别人三心二意的关注。在我抱他、抚摸他时，我必须心无旁骛。对布奇奇，我绝不能一边看书一边摸他。只要我一分心想别的事情，他立刻就会察觉，然后跳到地上一走了之。但他不会耿耿于怀。有时，查尔斯撒野惹恼了他，他会揍查尔斯一顿，完了又会宽容地舔舔他，显示他大人大量的气度。

这样骄傲的性情，绝不会纡尊降贵与其他猫争夺老大的地位。

一天，我站在房间中间，正在和蜷缩在篮子顶部的布奇奇说话，这时鲁弗斯从沙发上下来，走到我的身边，站在我跟前，看着布奇奇，似乎在说：瞧好了，她比较喜欢我哟。虽然他行动迟缓，但这一次他显然计划过。他的行事风格与查尔斯不同，查尔斯做事鲁莽冲动，很情绪化，而他行事从容而谨慎。他已经拿定主意，想最后一搏争取老大的地位，成为我最喜欢的猫，让布奇奇退居第二。不过这次他打错了算盘，我不想纵容他的痴心妄想。我对他指了指沙发，他抬头看着我，瞧他那神情，如果他是一个人而不是猫的话，肯定会说：好啦，我不过就想试一试罢了，又没什么大不了的。然后他爬回沙发上。

布奇奇意识到我在维护他，却未做表示，只是从篮子上下来，在我腿边绕了几圈，然后又跳回到他的篮顶去了。

鲁弗斯想取得老大的位置，结果失败了。

第十二章

鲁弗斯已经连续好几个月都没有下楼一次，不过我此刻正看见他笨拙地跳到下面的屋顶上，然后回过头来，还在担心我们会把他关在门外。接着他转头看着那棵紫丁香树，琢磨着该怎么爬下树。春天已经悄然而至。丁香树绿意葱葱，含苞待放的花骨朵儿挂在浅绿色枝头。他放弃了沿树而下的念头，艰难地重新跳回阳台上。我把他抱起来，带他到楼下，给他看猫洞。他登时慌了，误以为那是一个陷阱。尽管他骂骂咧咧地一直挣扎，我还是把他轻轻从猫洞推了出去，然后马上跟出去，把他抱到洞口，再推进屋里。他以为我要赶他走了，紧张地一瘸一拐跑上楼去。这一训练来回折腾了好几天，鲁弗斯总是避之唯恐不及。只要训练停止，我便爱抚他，夸赞他，让他知道我无意赶他走。

他仔细地思索了一番，不久我看见他跳下沙发，一步一步走下了楼梯，然后走向猫洞。他停下来，站在洞口前看了又看，犹豫不决地晃着尾巴。他在担忧，恐惧地往回走了几步。他逼自己停下脚步，回去……就这样反复折腾了好几次，然后直接走到猫洞门前，想让自己穿过门跳出去，但是就在最后时刻，一股强烈的直觉涌上他的心头，迫使他离开洞门。他一遍又一遍地重复着这个过程，最后下定决心放手一搏，死活在此一举。就像一个准备跳进深水池的人一样，他猛地一头钻进洞中，然后身体跟着没入洞口，随后来到了一个鸟语花香、春意盎然的花园中。那儿，挨过了又一个隆冬的鸟儿高兴地婉转啼鸣，孩子们又重新占领了往日的游戏场所。这只饱经风霜的流浪猫站在原地，轻轻嗅着园中的空气，仿佛一下子充满了生机，只见他抬起一只爪子，回过头来，想要捕捉气味携带的讯息（家里有个人称它为“气味分子”），使他蓦然想起旧日好友——有猫也有人类，并唤起他脑海深处的记忆。一眼便知，年轻时的他英俊潇洒，活力四射。他迈着他那独有的步子，微微跛着走到花园尽头。他来到一棵老果树下，左顾右盼。无论是左边还是右边，都承载着他满满的回忆。他钻过右边的篱笆，走向老奶奶的房子——也许这只是我们的推测。他出去待了个把小时，我看见他从篱笆底下钻过来，回到自家花园，再顺着小路走到房前，站在猫洞旁边的后门前，抬着头望向我：请开门，今天我已经很满足。我不想勉强他，于是打开了门。但次日，他自己从猫洞走了出去，然后又穿过猫洞回到屋内。此后，他再也不需要猫砂盆了，即使是下雨天或下雪天，或院子里狂风呼啸，雷电交加，他都会从猫洞出去如厕。只有在他生病了走不动的时候，才会退而求其次。

多数时候他都会往右边去，但偶尔也会去往左边，这时他去的地方也会更远一些。我拿起望远镜，看着他走远，消失在灌木丛中。但不管他往哪边走，总是一回来就跑到我身边，寻求我的关爱，并再度发动他的咕噜机器……此时我们才发现，他的咕噜声已不像他刚来时那么响了，时间上也缩短了很多。现在，他的咕噜声大小恰到好处，他懂得克制自己，想以此让我们知道，虽然他不是家中最得宠的猫，我们不会让他当老大，但他还是很珍视我们，很珍视这个家。有很长一段时间，他害怕我们变卦，把他赶出家门或锁在外面，但现在他放心多了。在他还不太有安全感的时候，只要出门了，一回家就会跑来向家人发出咕噜声示好，要么坐在我们腿边，要么用额头顶着我们，要我们摸摸他的耳朵，特别是那只老是治不好的烂耳朵。

连续春夏两季的好天气对鲁弗斯的身体大有裨益，他的状态算是很不错的了。现在他对我们很放心。但有一次，我随手拿起一根放在后院门廊上的旧扫帚柄，就看到他倏地跳往下面的屋顶，摔了个大跟头，又急匆匆地爬下树，拼了命似的跑到院子尽头。显然，以前有人向他扔过棍子，并用扫帚打过他。我赶忙追到院子里，发现他惶恐地躲在灌木丛中。我温柔地抱起他，带他回家，向他展示这把扫帚不会伤害他，并一遍又一遍地道歉，一个劲儿地安抚他，好不容易让他明白这只是个误会。

因为鲁弗斯，我开始意识到，猫的智力分很多种。之前我就已经发现，猫的脾气各有不同，不能一概而论。鲁弗斯的智力是劫后余生的猫所拥有的。而查尔斯具有严谨的科学思维能力，他对一切事物都充满好奇，不管是人类所做的事情，还是到家中的访客，尤其是一些小摆件，比如说录音机、留声机、电视机以及收音机等都让他着迷。看他的神情你就知道，他十分好奇，为什么人的声音会从一个小盒子里发出来，而这个人他却看不见。在他还是只小猫崽儿的时候，就曾经用一只小爪子按住一张正在转动的唱片……放开……再按住……最后只能放弃，然后抬头疑惑地看着我们，喵喵地询问究竟是怎么回事。他会走到收音机的后面，去弄清楚他听到的声音究竟是打哪儿冒出来的，还会绕到电视机后面去观察，要不就是用自己的小爪子将录音机翻倒，闻一闻，再喵喵地问，这到底是什么东西？他是一只很爱讲话的猫，下楼出门的时候会喵喵叫，回家上楼时也要喵喵叫，无论发生什么他都要评论一番。只要他从院子中回来，你在顶楼都能听见他的喊声。“我总算回家啦，”他大喊，“棒棒的查尔斯回来啦，你们肯定想死我了吧！快猜猜我遇到了什么事，你们肯定永远都想不到……”他嚷嚷着走到你所在的房间，站在门边，歪着头等着你来夸奖他。“难道我不是家里最可爱的猫吗？”他需要你给答案，全身都在兴奋地轻轻颤动。迷人，用这个词形容查尔斯最为恰当。

布奇奇将军拥有的是一种类似于第六感的智力，他能知道你心里在想什么，准备做什么。对于科学他毫无兴趣，不喜欢追根究底；他也不屑利用外貌的优势引人注目。他只有在有话要说，并且只有我俩独处的时候才会开口。等其他猫都不在场时，他会说：“好了，终于只剩我们俩在一起了。”这时他才会与我互夸一番。每次我从外面回到家，他都会从花园尽头一路飞奔而来，喊道：“你可回来啦，我好想你呀！你怎么能扔下我出去这么久啊？”说着跳进我怀里，舔舔我的脸，按捺不住内心的喜悦，就像一只小猫崽儿一样在屋子里乱窜，过一阵子才恢复平日严肃而庄重的模样。

秋天到了，在之前的几个月里，鲁弗斯表现得和一只强壮健康的猫并无两样，会出去拜访自己的朋友，有时甚至还会在外面待上一两天。但是后来他又不出门了，他生病了，爪子上长了脓疮，整日窝在一个温暖的地方；那只溃烂的耳朵令他难过地老晃动脑袋，甚至又开始不断喝水……我赶忙带他去看兽医。最终诊断结果：情况不好，事实上相当糟糕，这样的脓疮是一种非常不好的预兆。要吃更多的抗生素，吃更多的维生素，而且湿冷天气忌外出。接下来的几个月里，鲁弗斯一点出门的意愿都没有，总是趴在暖气旁边，毛色变得毫无光泽，猫毛开始大把大把地脱落。不管他躺在哪里，哪怕只躺几分钟，都会留下一团橘色猫毛，透过稀疏的猫毛都可以看得见下面的皮肤。好在最后他慢慢康复了。

无独有偶，鲁弗斯生病的时候，另外一只猫也需要治疗。这只猫不是我们家的猫，他被车轧了，动了一次大手术，在找到新家之前暂时借住在我家养病。这样一来，家里就有两只病猫需要照料，另外两只小祖宗不乐意了，干脆跑到花园里躲清静，死活不肯进屋。后来布奇奇好像也生病了。每当我走进花园或者客厅的时候，他都会伸长脖子难过而优雅地小声咳嗽，搞得自己就像个落难贵族。我带他去看医生，却查不出任何毛病，真是一个谜。他仍时不时咳两声。我在花园里每次拿起泥铲，或者拔去一根草，都能听到他那粗哑的干咳声。真的非常奇怪。有一天，我轻声安抚可怜的布奇奇，询问他的病情未果，只好悻悻回到屋内，这时脑海中忽然闪现一个令人不快的怀疑。我来到顶楼，拿着望远镜观察布奇奇的一举一动。他一点咳嗽的样子也没有，而是舒展着四肢享受早春的暖阳。我下楼走到花园里，他一看到我，立刻改成卧姿，伸长脖子，难过地咳起来。我拿着望远镜再次回到阳台，发现他又躺下了，打着哈欠，一身漂亮的黑白双色皮毛在阳光下熠熠发光。幸运的是，第二只病猫恢复了健康，去了他自己的新家，我们又成了一个只有三只猫的家庭。布奇奇的咳嗽病也奇迹般地不治而愈，因此他也得到了另外一个绰号：有一段时间我们管他叫劳伦斯·奥利维尔·布奇奇男爵[1]。

现在这三只猫用各自的方式，享受着花园中的种种乐趣，但是他们就像三条平行线，互不打扰。如果不小心打了个照面，就会礼貌地假装没看见对方。

在一个阳光明媚的早晨，我看见两只橘猫在隔壁家草坪中的青草间，其中一只是鲁弗斯。他的毛又长出来了，但比以前

---

1 劳伦斯·奥利维尔·布奇奇男爵（1907—1989），英国电影演员、导演和制片人，奥斯卡奖得主。

稀疏得多。他端坐不动，看着面前那只向他挑衅的十分年轻的猫。这只猫全身披着鲜艳的橘红皮毛，像一颗阳光下的杏果，毛发似羽，熟练地出招，左一脚右一脚，但都没击中鲁弗斯，好像他攻击的目标是鲁弗斯前面的一只想象的或者隐形的猫。这只可爱的年轻公猫好像跳舞一般，忽而坐着，忽而晃动身子，侧身逼近，忽而举着爪子朝着空中又是拍又是戳，一身红狐狸般的闪亮皮毛，鲁弗斯与之相比，顿时显得肮脏黯淡。这一老一少长得可真像：我敢保证，他是鲁弗斯的儿子，从他身上，我看到了苍老邋遢的可怜鲁弗斯，在未遭受人类无情摧残之前的英俊模样。两只猫对峙了好久，将近半小时。这样的事情在公猫之间经常发生，他们似乎只是在进行一场形式上的格斗和决斗，无意伤人。年轻公猫倒是吼了一两声，可鲁弗斯却一声不吭地端坐于地。年轻公猫继续挥舞着那双镶了一圈红毛的爪子佯装进攻，然后停了下来，匆匆地舔了舔自己身侧，好像是对这场打斗失去了兴趣，可是一看到鲁弗斯那副无动于衷的模样，他又重新燃起斗志，再次站了起来，继续他那佯装攻击的舞蹈动作，一招一式仿佛刻在纹章上的猫，一只身披纹章的猫。而鲁弗斯坐在原地依旧岿然不动，既不主动出击，亦不拒绝迎战。年轻公猫觉得好生无趣，慢慢踱到院子远处，一会儿扑影子玩，一会儿在青草地上打滚或躺着休息，一会儿又捉虫子去了。鲁弗斯一直等到年轻公猫走了，才悠悠哉哉地起身，朝着既定的方向离开，今春他不再去右边的老奶奶家了，而是走向左边，在外面他会待上几个小时，甚至整夜不归。因为他的身体已经恢复了健康，而春天又正是交配的季节。他回来的时候总是饥渴交加，显然他并没有结交什么人类朋友。但后来，随着春色渐浓，他在外面待得也越来越久，两天、三天都有可能。我敢肯定他交到了一个猫友。

以前，暴躁任性的阿灰对其他猫儿向来很不客气。在她未结扎之前，她对自己的配偶毫无爱意，甚至对多年来与自己同住一个屋檐下的猫都充满敌意。她没有猫友，只有人类朋友。她首次与另一只猫建立友谊之时，已十三岁左右了，早已青春不再了。那时我住在一栋公寓的顶楼，那里没有猫洞，只有一个通往前门的楼梯。那儿是她去后院花园的必经之路。她可以自己顶开门进来，但出去时必须有人开门才行。她开始让一只老灰猫跟在她身后上楼，老灰猫会在我公寓大门前停下来，等待她下发指令再继续前行，到了顶楼后会再度停下，等待被邀请进入我的房间。他等待的是阿灰的邀请，而不是我的。阿灰喜欢他。除了自己的孩子，这是她第一次喜欢一只猫。他会轻轻走进我的房间——当然在他的眼里，其实这是她的房间——然后朝她走去。起初她会背靠着一把大大的旧椅子，当作保护屏障，目光直直地盯着他；她可不会轻易相信任何一只猫的，绝不！老灰猫走到离她不远的地方，停下脚步轻声叫唤。她会不耐烦地回应一声，勉强算是答复，于是他会在距离她一英尺左右的地方蹲下来，定定地望着她。这时她也会伏下身子。两只猫可能会这样待上一两个小时。等她慢慢放松下来之后，他们就会并排蹲坐着，挨得很近，但身体没有接触。除了轻轻几声问候，他们没有交谈。他俩相互喜欢，想和对方坐在一起。他是谁？住在哪儿？我一直没有弄清楚。他是一只老猫，生活坎坷，我把他抱在手中时，感觉他就像一个影子一样轻飘飘的，皮毛也没有一点光泽。不过他是一只健全的老猫，灰毛白须，像个绅士一样彬彬有礼，温文尔雅，从不期望生活会给予他任何优待，其实他对生活已无所期盼。他会吃一点儿她的食物，如果拿牛奶给他喝，也会喝上几口，好像不饿的样子。通常我回到家时，他就坐在大门外，看到我后便柔声地喵呜两声，抬头看着我，接着跟在我身后，和我一起上楼梯。走到我的公寓门口时，他又会喵呜叫上两声，然后爬上最后几层台阶去顶楼找阿灰。阿灰看到他，先是轻轻怒吼一声，然后才嘟哝着请他进门。他俩一起度过了许多漫长的夜晚。她变化很大，不像以前那样浑身带刺，动不动就置气。我曾看到他俩并排坐着，就像一对心意相通的老伴，无须言语。我这辈子从没有像现在这样渴望能和动物交流。我想问她："为什么是这只猫？""为什么是他而不是别的猫？这只彬彬有礼的老猫身上究竟有什么优点，让你喜欢上他？我想你喜欢他，对不对？我们家养过那么多好猫，你这辈子也遇上过不少好猫，可你都没有喜欢上任何一只，现在却……"

一天晚上，老灰猫没有出现。第二天也没来。阿灰整夜都守在门口等他。然后她跑到楼下大门口去等。她在花园里到处找他，但他始终没有出现，从此再无踪影，而阿灰也从此再无猫友。后来，有一只公猫常来找我们家楼下的那只猫玩，生病的时候跑到我家寻求帮助。几周之后，他去世了。他的余生是在我的房间——或者说阿灰的房间——度过的，但她似乎一直无视他的存在，她表现得就好像这个房子里只有我和她一样。

我相信鲁弗斯也有一位这样的朋友，他出门就是为了造访朋友。

一个夏末的夜晚，我坐在沙发上，鲁弗斯坐在我身边，第二天他还在原地，保持着昨晚的姿势。等他终于从沙发上下来时，我才发现他的一只后腿瘸了，晃晃荡荡地垂着。兽医说他被车轧到了。因为看看他的爪子就明白，猫在车轮逼近的时候，会本能地伸爪抓车轮。他的爪子被碾碎了，一只后腿严重骨折。

他的断腿从脚踝到大腿根部，全部打上了石膏固定，他被安置在一间安静的小房间里养病，房间里有水、食物和猫砂盆。他在房内乖乖待了一夜，但第二天就想出去了。我们打开门，看着他笨拙地拖着断腿一层一层走下楼梯。到了底楼，他骂骂咧咧地拖着被固定住的腿钻出猫洞，再一跳一跳地沿小路往前走，到了篱笆边，他一边越发愤怒地高声咒骂，一边侧着腿和身子，钻过篱笆，然后往左拐，去找他的朋友去了。他走了差不多半个小时就回家了：他是去向某个朋友，人也好猫也好，汇报自己的倒霉事儿去了。他回到家后，我把他抱进房间，又回到了这个庇护之地，他看着好像很高兴。此时的他依旧惊魂未定，加上疲惫不堪，眼神里流露出的是巨大的痛苦。他的皮毛原本经过一个夏季的精心喂养，已经恢复了健康的光泽，如今再次变得粗糙干硬，他重新沦为一只无法好好清理自己的可怜老猫。可怜的邋遢家伙！可怜的多灾多难的猫！他跟布奇奇一样，拥有好多绰号，可全都是听着叫人心酸的称呼。不过他是打不倒的硬汉。如今，他最上心的事儿就是拆去腿上的石膏，没想到居然成功了。我们只得把他送回兽医院，重新打上石膏，这回的石膏是他弄不掉的，但他并不死心，从未放弃努力。每天他都会艰难地爬下楼，到了猫洞口会迟疑片刻，因为他那打了石膏的腿很容易被卡住，然后他一边骂一边磕磕碰碰地穿过猫洞，接着我们就能看见他一跳一跳地走在一地秋叶和烂泥的花园里，他几乎得贴着地面才能钻过院篱笆。他每天都去和朋友通报近况，回家时已经累得筋疲力尽，倒头便睡。一醒过来，又开始不辞辛苦地拆石膏，搞得只要他坐过的地方，到处都是石膏屑。

一个月之后鲁弗斯腿上的石膏被拆除了，虽然他的腿还很僵硬，但勉强可以走路，于是他又恢复了本色，成了那只英勇无畏、富有冒险精神的猫，把家当成基地，整日在外逗留。可是好景不长，没过多久他又生病了。这两三年来，他不断地重复着这个过程：病好了就出门，生病了就待在家里。但是他的病情越来越严重。耳朵上的溃疡，也一直没治好。他会从外边的什么地方狼狈地跑回家求助。他会用爪子轻轻摸着耳朵的溃烂之处，然后伸到鼻子边闻一闻，作反胃状，接着无助地看着他的护理人员。在我们为他清洗伤口的时候，他会嘟嘟囔囔地小声抗议，但是他心里是希望我们这么做的，也肯吃药，完了就地一躺，全力以赴休养生息。在我们的精心照料下，虽然他大病小痛不断，但身体依旧强壮，肌肉结实。在他短暂的一生中，只有到了最后时刻，疾病缠身寸步难行时，才肯老实待在家里，彻底打消外出的念头。他卧在沙发上，并没有睡去，好像是在沉思，也好像是在做梦。有一回，我轻轻抚摸着睡着的他，想把他叫醒吃药，他醒来时用充满信任、爱意满满的颤音叫唤了两声，那是一种猫在与他们挚爱的人类或伙伴打招呼时才会发出的声音。可是当他发现是我的时候，就又变成了那副彬彬有礼、感恩戴德的老样子。这时，我才蓦然意识到，在这栋无时无刻都回荡着这样的声音的房子里，这是他第一次发出这样的颤音。这是母猫问候小猫，小猫问候母猫时才会发出的声音。他是不是梦到了小时候的事情？或许他梦到了原先的主人，那个人在他幼年或年轻时收养他，后来又抛弃了他。这终了的一声令我震惊，也很心痛，因为即使在他像台机器般发出轰鸣的感谢咕噜声时，也未曾发出过一次这样的声音。在他认识我们的时间里，前后将近四年，我们曾数次照料他，让他病体康复，或基本康复，而他却始终不敢相信，自己能永远待在这个衣食无忧的家中，再也无须为生存疲于奔命，沦为一只流浪猫，饱受饥渴寒冷之苦。曾经有人狠心背叛了他的信任和他的爱，所以他再也不敢大胆去爱了。

我了解猫，一辈子与猫共处，没想到他们最终留给我的却是一腔隐痛，它有别于人之于我的悲伤：这是一种混合的情感，既伤痛于猫的无助，又愧疚于我们人类的行径。

大帅猫的晚年

第十三章

我们家的猫在一条前肢被截去之前，或者应该说，在他整个肩胛骨连同前肢被截去的前一周，依然能够风驰电掣地冲下七层楼梯，紧接着“砰”的一声撞开猫洞门冲进花园，沿着园中小径，一路狂奔到花园尽头的篱笆墙边，目送那只穿过地下水库来我家花园玩耍的灰色大公猫离去。他发出尖叫以示挑衅，然后若无其事地凯旋，爬到房屋制高点——我的床上，坐在上面眺望下方除了他之外再无半只猫的领地，接着目光越过篱笆，望向那片宽阔的绿色田野，那里就是地下水库所在地——我告诉他，维多利亚时期的人们就知道将水储存于地下了。可是他刚才发出的挑衅声实在刺耳凄厉，像以前一样，听得我浑身不适。拜托，布奇奇！你吼成这样，谁也受不住啊！

布奇奇？不是大帅猫吗？事情的原委，请容我慢慢道来。话说十七年前的春天，一只叫苏茜的猫，在我房间附近的屋顶上生了一窝小猫。她是一只待人友善且富有教养的猫，由此可推断她曾被一户好人家收养，只是不知怎的被遗弃了，沦落到靠卖午餐的姑娘们的不时施舍，过着饥一顿饱一顿的生活。她少说也生过两胎小猫，地点只能选在她找得到的角落——有一次是在一辆卡车底下——但她的小猫一只也没能存活下来。她年纪并不大，却显得十分疲惫和惶恐。多次生育的母猫，如果没有好心的主人带她去做绝育手术，也许一看到自己那个因装满活泼生命而不断蠕动鼓起的大肚子，便有一股掩不住的厌倦。"该死，难道我又得遭一次那样的罪吗？"这只猫如今不愁温饱，足够安全，在屋顶上享有一处其他猫都无法接近的栖身之所，尽管她是个尽职的母亲，却显得老大不情愿。

小猫崽儿初次迷迷糊糊地睁开浅蓝色的眼睛，看到跟塔一样耸立于面前的人类，可能一开始并不愿意跟人亲近，会挑衅地冲你"嘶嘶"怒吼。但在苏茜生的这窝小猫中，有一只黑白相间的小东西，一睁眼看到我，就摇摇晃晃地从旧篮子里爬到地上……然后到我腿边……接着是腿上……手臂上……肩膀上……用他的小细爪紧紧抓住我，然后身子钻到我的下巴下面，趴在那儿开始打起呼噜来。这就是爱，一生一世的爱！在整窝小猫里，他是个头最大的那只，是小猫们的老大，打从一开始，小猫的事儿就是他的事儿，甚至连清洗和管教其他小猫的事儿，他也当仁不让，而他的妈妈则舒舒服服地躺在地上旁观。在那些小猫的眼中，他如同父亲甚至母亲。苏茜似乎并未对他另眼相看，却也没有反对他的“嚣张跋扈”。

在这窝小猫出生时，发生了一件令人费解的事儿。苏茜总共生了七只小猫，其中有一只白猫被她推出了猫窝，两三天后被发现时，已经死了。我一想到他若活着，该会长成一只多么美丽的猫，不由痛惜。也许他本来就是个死胎，但这个说法好像不成立，因为别的小猫全都虎虎有生气。后来，苏茜又推了一只小猫出来，这回是只小虎斑猫。我置之不理了半日，让他挨饿受冻，思忖着，万万不可再发善心了，同时也心痛大自然的选择：要是做妈妈的都不要他了，我有什么资格管呢？可是听着他那细若游丝的喵喵声，我又于心不忍了，把地上的他捡起扔回猫窝中，这样窝里就有六只生命力旺盛的小猫。后来，苏茜对这些小猫持两可态度：要也行，不要也行。她明确表示七只小猫为数太多，甚至六只都多了点。她这只当妈的猫显然不准备养超过五个的娃。当六只猫崽儿在我屋里肆无忌惮地闹腾时，便可知晓苏茜的想法其实也有几分道理。

我想说的是，苏茜这只猫会数数。即使她不会按着一、二、三、四、五这样的顺序来数数，但她起码知道五和七的区别。

我相信大多数科学家会对我这个说法嗤之以鼻。换言之，若是以科学家的身份，他们自然会否定这个观点，但若是以猫主人的身份，可就未必会反对了。看身为科学家的朋友大谈猫的能力，而在专业领域内又极力否认，确实有趣。譬如，他说，他的猫总是守在窗口等着他回家，但换一种身份，他又会说，动物没有时间概念，都是活在当下的。他还可以接着话头往下说，不是在他回家的时候，猫都不会出现在那里，可是这个说法完全与他的专业背道而驰。事实上，任何一位善于观察的猫主人，对猫的了解都胜于研究猫的专家。我们经常可以在《猫咪新闻》或《喵星人之友》等杂志中，看到关于猫和其他动物的行为模式的解释，而这些杂志，科学家根本不看。只要翻翻那些杂志，就能看到这样的故事：一只养在农场里的猫，她的小猫出生后往往会被送走，只留下一只小猫。生了几胎小猫的她，突然有一胎只生了一只小猫，令主人大为诧异。主人还以为她很识时务呢。其实，她在阁楼上藏了四只小猫，都是她一只一只叼上去的，然后偷偷地上去给他们喂奶，表面上装着成天都跟那只被允许养的小猫在一起。有一天，农场主和他老婆听到楼上蹦蹦跳跳的声响，这才发现猫的诡计——希望他们会为这些小猫找到好的收养家庭，并为可怜的猫咪做绝育手术。

这个小猫王愿意替自己照顾小猫，苏茜似乎乐得清闲，但心里也有几分过意不去。这只小猫有个毛病，常常咳嗽，好像喉咙里卡了东西。这时，苏茜就会走过去，坐在他身边，张大嘴衔住他的脖子和大半个脑袋。她只要再用劲一点就可能要了他的命，但是她的力度拿捏得很好。她就这样衔着他，过了半分钟、一分钟。我猜想那个位置可能有根神经或者有个穴位，而她知道怎样使他止咳。她这一招真的管用，过了一会儿他真的不咳了。在他长大后，每次咳嗽发作，我就会学苏茜那样，用手指夹紧她以前衔着的部位，过一会儿就能止住他的咳嗽。

这只小猫个头比其他的小猫都大，我们戏称他为“布奇”[1]，因为这么个小东西，才一丁点儿大，就负责照顾起一群小猫，还知道有严有慈、恩威并施，实在可笑。后来，我们也想换掉这个既无趣又毫无想象力的名字，因为这与全英国一半的公猫，甚至公狗重名。布奇，大布奇，我们费了一番脑子，可这名字总是丢不掉。刚开始因为他还是只小猫，所以亲热地喊他“布奇奇”，后来又换成了布斯奇、布斯卡、布沙卡——但万变不离其宗，全都是围绕着布啊、卡啊、斯啊这类听起来似乎更适合

1　布奇（butch），英文意思包括“高大的”“趾高气扬的”。

猫的特性的叫法。你绝对不会给猫起名为“流浪者”，尽管他流浪的地方可能比狗还远。这只猫赢得了不少敬称，但“大帅猫”是我们在一些特殊场合，向别人介绍他时唯一启用的名字。“他叫什么名字啊？”“粉鼻将军三世”（因为他像别的小猫一样，从某些光线和角度看去，小粉鼻显得格外可爱，恰如其分地讽刺了一下他那假模假样的威风）。多俊的猫啊，客人随口夸道，心里却想着这么一幕可笑的场景：我们冲着花园喊着他那长长的名字，或者直呼“将军！你在哪儿呢？”有些名字和这只猫本身没有任何关系，而是与主人的养猫史有关。说到底，大帅猫还是最衬他的名字，因为他确确实实威风帅气、超凡脱俗。

他是只黑白小猫，身手灵活，相貌俊俏，与兄弟虎斑猫堪称一对漂亮搭档。但大帅猫要到成年之后，方能完全展现他的非凡魅力。那一身对比鲜明的黑白皮毛，令你不禁暗自惊叹，这只人间绝色，居然是只普普通通的猫，一只寻常伦敦土猫的后代，是数百年来偶然交配的产物——或者说，至少丝毫没有考虑血统之类的问题——只是寻常猫邂逅寻常猫的结果，或黑猫遇上黑白花猫，或虎斑猫，或橘猫，或玳瑁猫，岁月流转的结果就是一只普通寻常的黑白猫——世上还有比这更平凡的猫吗？可就是这只普普通通的黑白猫，在他的最好年华里，访客步入房间，只要一看到他，这只体形硕大，神情倨傲的猫，一身黑白小丑服，舒展着四肢躺在地上，总是忍不住停下脚步惊呼："多么与众不同的猫啊！"嘴上虽这么夸，心里却不敢相信这头小兽不过是一只猫，于是又追问道："他到底是什么猫？""噢，就是一只普通的土猫呀。"

他在十四岁那年，身体依旧十分康健，但是肩膀上长了个瘤子。我们带他去看兽医。他的肩骨里长了癌。如今他的整条前腿，也就是前肢连同肩膀必须全部切除。

人类听了全都吓了一大跳。难道大帅猫要变成三脚猫？显然，他是断然不会接受这种奇耻大辱的，可手术日期已经排定。我们开车送他去一家知名的猫外科诊所，将他托付给一名护士照顾。大帅猫全程哭天抢地，反正他从来都不懂什么叫饮泣吞声。诊所里的人再三向我们保证，即使只有三条腿，他也能行动自如。他必须在诊所住上几天，方便术后康复。光是这一点他就无法接受，因为打他出生以来，他就没离开过家。只要一出家门，他就开始不停地恸哭哀嚎。我必须承认，我们的猫骨子里有点孩子气，跟他的母亲大不一样。苏茜吃过苦，因此性格勇敢而坚毅。他跟我们养过几年的鲁弗斯也不一样，鲁弗斯为了求生，变得老谋深算、聪慧机灵。是的，与许多人类一样，大帅猫布奇奇也有自相矛盾的一面：他是，现在依旧是一只骄傲聪慧的猫，也是我见过的直觉最敏锐的猫；可是同那些从不曾为生活打拼过的人类一样，他的内心也有一处脆弱的地方。此外，在这只英气逼人的小兽心里，还潜藏着另一种出人意料的性格：有时候，他的行为很做作，像个老派演员，使出浑身解数，为的是营造出夸张的情感。每当他觉得自己遭受冷落或不公，都会表现出来，让我们知道。有时候他的表现太过滑稽，他的人类朋友只得强忍笑意，逃到别的房间狂笑，当然我们捧腹大笑的时候是不会让他看见的，否则他会视之为一种侮辱，永远也不会原谅我们的。

我们把他留在了诊所，这回他的喵呜惨叫声自然绝非作秀。他得先挨饿空腹，然后再打针，接着身上的一大片毛都要被剃掉。我们接到消息说手术十分成功，可怜他现在已经是只三条腿的猫了。送他去诊所的那天早晨，他趴在我的床上晒太阳，一只优雅纤长的爪子随意搭在另一只上边。我轻抚他那条即将永远失去的腿，温柔地爱抚着他那蜷缩着握住我手指的爪子，就像他小时候那样，当我把小手指插进他蜷缩着的脚爪中，他的小爪子会立刻合上，包住我的小指尖。一想到那只毛茸茸的前脚即将被丢进焚化炉里，我不由得悲从中来。

我们不停地给诊所打电话，对方一个劲儿地说着宽慰话，是的，他在吃东西，是的，他情况不错，只是得在这里住上几天。没过多久，诊所来电话了，叫我们最好还是把他接回家，他待在笼子里好像不大适应，老是想顺着墙爬出去——可以理解，可想而知，他那震耳欲聋的惨叫声，肯定让护士们的脑袋都快炸开了。

医生嘱咐我们要把他关在房里一周，房门一定得上锁，不要让他出去乱跑，避免大创口的缝线崩开和感染。我们去接他回家，而他一路上都在痛哭。这只猫受到严重的惊吓。他的朋友、家人，尤其是那个与他同床共眠、一辈子宠他爱他的人，居然把他放进了一只篮子里，明知他一直以来都讨厌篮子，却不管他的感受，还开车送他到一个他不知道的什么鬼地方，走了那么长的路，他都快难受死了，最终到达的地方到处都是陌生的气味和声音，接着他被带到一个地下室，里面充满很不友善的猫身上的气味，他被关在里面，家人一下子全不见了，然后针头扎进他的身体，皮毛被陌生人剃掉……他醒来时，浑身酸痛，没有一丝力气，一条前腿没了，害得他每次想迈腿走路，都要摔跟头。现在这些所谓的朋友抱他上楼，这个他跑上跑下了一辈子的楼梯，还假惺惺地爱抚他，抚摸他那一边完好的肩膀，好像从未背叛他一般。我们到了楼上，还没来得及关上房门，他就挣脱拥抱他的双臂，连滚带摔加跳，什么法子都用上了，一路冲下了七层楼梯。我们在通往花园的猫洞口赶上了他，把他抱到花园里，又在一丛灌木下铺了一块毯子，让他在上面休息。他害怕自己又被关起来，失去自由。虽然他是几天前才动的手术，身上有个大伤口，但他仍拖着病体，在园子里爬来爬去，甚至钻出篱笆到隔壁邻居家，再走到花园尽头的篱笆墙边。他的样子像是在确定，假如自己到了非走不可的时候，能否逃离此地，逃离这些带给他莫大屈辱和创伤的人类。到了晚上，我们把他抱进屋子关起来，喂他吃饭、吃药，跟他谈心，但他还是想出去，所以在接下来的好几天，每天早上我都抱着他到灌木边，在旁边放碗水，一再表达自己的同情，抚摸他，说着安慰他的话。他显得很生分。一天，我突然听到他发出一阵吼叫，这个声音我以前从未听过，连忙转头看他，只见他用三只脚站着，仰头低吼。这绝非作秀，而是从内心深处发出的悲号，声声带泪，发泄心中郁积的紧张、痛苦、困惑以及失去腿的羞愤。他躺下休息了片刻，又站起来痛哭。听到这痛彻心扉的声音，我不禁愁肠百结，沮丧万分，明知他深陷梦魇而不知原委，我却无法说与他听。

“猫儿啊，我们要是不这么做，你是活不过两个月的，懂吗？”不懂，当然不懂。“猫儿啊，多亏人类的妙手回春，你这次才能死里逃生，要是我们扔下你不管，照你的病情，你很快就会没命的。”

我把他抱上楼，让他睡在我床上，没过多久他就能够自己爬上楼了。一天晚上，我躺在床上看书，他在一旁睡着了，突然他猛地坐起身来，像我们人类那样，从梦中惊醒，恐惧地叫了一声，紧张地打量四周，好像不知道自己身在何处，或许他梦到了自己被关在笼子里的时候，好在过了片刻梦魇就消退了，他又安静地躺下，望着窗外的夜色。我轻轻抚摸着他，他没有发出咕噜声，我便一遍一遍地抚摸他，他终于打起呼噜了。后来，他还被噩梦惊醒了好几次，再后来——随着时间的流逝，我想他没有再做什么不好的梦了（科学研究证实，猫是会做梦的）。

我想起了以前做的一件错事儿。在他和他兄弟到了适当年龄时，也就是他俩已经是年轻猫了，但还没有完全发育成熟，我带着兄弟俩去做绝育手术。手术完后领他们回家，把他俩各放在一张软垫上。兄弟俩躺在上面，尾巴软绵绵地耷拉在后面。

而这只猫，我的布奇奇，我的大帅猫，抬头久久地看着我，那意味深长的眼神明白无误地在说：你是我的好朋友，怎么可以这样待我。他的尾巴下面有一道带血的伤口，他那毛茸茸的小睾丸已被摘除，只留下了一个空空的囊袋。然而，这个手术是非做不可的：做了绝育手术的猫，比一只“健全”的猫活得更长久，因为他们不会在附近游荡，和其他猫寻衅滋事，被揍得体无完肤。可是，说这些有什么意义呢？就在你认同“健全”的公猫必须阉割，他的人生中不该保留睾丸……是的，这的确是个错误的决定。虽然我心中明白，就常识而言，我的决定没有问题，但我的愧疚感并未减少分毫：这只猫已经有所缺失，不再是原来的猫了，而始作俑者正是本人。他那久久的目光其实是在谴责和问询：“为什么？你不是我的朋友吗？！”

兽医说的一点儿也没错，没过多久布奇奇就可以单靠一只灵活的前爪轻轻松松上下楼梯，在床铺和沙发上跳上跳下也毫无障碍，总之，所有一切他都能应付自如。但终归他已跟原来不同了。他受到莫大的羞辱，他的骄傲，那猫身上最敏感的部位已被伤及。他的尊严也同样受到了伤害，因为他成了一只残疾猫。每次没把握好身体平衡，摔大跟头的时候，他肯定也会像我们人类一样，忍不住回首过去闲庭信步的气派与从容。他曾经引以为傲的优势，匀称的身型，如今成了他的累赘，他剩下的那条细前腿，必须负担他全身的重量，而肩关节又肿得老大，上面疙疙瘩瘩的。兽医说那里的肌肉下有积水，还说即使关节中有什么坏东西，也要过段时间才会爆发，癌症复发率只有百分之十。

一晃三年快过去了，这只猫已经多活了三年。他的状况还不错，皮毛油光发亮，虽年纪大了，但仍英俊倜傥，唯有一只耳朵上的一小撮毛花白了，但依旧眼明目清。尽管残疾给他的生活带来诸多不便，但就像四肢不全的残疾人一样，他也善于评估风险和可能性，因此不至于活得很狼狈。这种能力我是在父亲身上初次看到的，他在战争中失去了一条腿。

话虽如此，大帅猫却成了孤家寡人。他已习惯了满屋子都是猫的热闹气氛。他母亲生的六只小猫，在被送走之前，总是在家里追逐打闹，何其快乐！有一只叫查尔斯的猫，在家多待了一段时间才找到新家。查尔斯长得英俊潇洒，是一只虎斑猫，行为举止一看就是做弟弟的。观察他和他那位霸道高冷的兄长布奇奇在一起相处的情形，比教导兄弟如何相处的教科书还要生动实用。后来家里又添了鲁弗斯，鲁弗斯生了重病，无时无刻不需要照顾，但这个病秧子曾经一度也想称霸家中，而布奇奇自然不会将老大之位拱手相让，于是这两位竞争者索性过上了井水不犯河水的生活，互不干涉。但鲁弗斯病逝之后，布奇奇却十分思念他，到处叫他，在屋里和花园中四下寻找他的身影。过去经常有猫来我家串门。其中有一只猫，我们大概喂了他一年左右，显然他的家人待他不是很好，所以更喜欢上我们家来蹭饭吃。后来他被车轧了，腹腔器官被挤到了胸腔里，不得不出动两名猫科兽医和两名护士给他动大手术，才捡回了一条小命。所幸他康复之后找到了一户好人家，又活了五年才离开人世。还有一只猫，我们戏称他为“海盗”，因为他老是像强盗似的突然闯入家里。显而易见，他的家人没有好好喂养他，因为只要一看到食物，他就像个饿鬼似的，把食物吃得精光，一点儿也不剩。他吃东西的时候，布奇奇就坐在一边，看他狂吃。布奇奇这辈子从未饿过肚子，从不知道世上还有吃了上顿没下顿这种窘状，所以他吃东西从不过度，盘里的食物要么一口都不动，要么只吃一半。这只外表硕大的猫，这个体庞身重的小兽，胃口却不大。他能长这么大个，多亏他的好基因，因为他母亲就是一只硕大而结实的猫。

可惜时至今日，已不再有猫顺着后院丁香树上我家来玩，或进屋讨吃讨喝，家里门庭冷落得很。这些日子里，天气变得愈发干燥暖和，很多猫不得已四处找水喝，我搁在前门台阶的那碗水，倒是会有一些白天被锁在家门外的猫，或是在外溜达的猫过来喝。不过，现在已经没有猫把我家当自家了，偌大的一栋房子里，只有一只跛腿猫，岂不怪哉？他们为什么不像过去那样进出我家呢？兽医分析过，我们家的猫目前最大的劲敌就是同类，他只剩一只前爪，难以自我防御。可他依旧想念自己的同类。

他走到花园里，坐在那里一遍又一遍地叫唤着……声音与平日里与我们在一起时的不同，温柔而甜蜜，十分亲昵。隔壁家有只年轻猫小姐，常常捕捉画眉和知更鸟玩耍，让主人很烦恼。这位猫小姐长得并不漂亮，甚至连好看都谈不上。她的皮毛很粗糙，色泽黯淡，通身都是肌肉，看起来很结实。她既不优雅也无魅力，不过是一个杀手猎人，她扑向猎物的动作迅猛如蛇，又稳又快。我们自然认为她配不上我家的帅猫，可是人家却一心一意想和她交朋友，坐在地上面朝她家，死劲儿呼唤，可大小姐连个影子都没露，他只能死心，然后笨拙地穿过猫洞回家，再费力地拖着沉重的身子爬回楼上。她心里大概在想：我为什么要搭理一只跛腿老猫呢？

一天下午，我站在阳台上，看到了这样一幕景象：我们家的猫坐在花园里，大声叫唤，这时隔壁家的猫小姐钻过篱笆来到我家花园中，但看都不看他一下。她旁若无人地从他身边走过。他轻声而友好地招呼她，同他平时问候我们时的声音一模一样。但她依旧置若罔闻地朝前走，穿过篱笆到另一边去。他尾随过去，吃力地从篱笆上的一个小裂缝钻出去。她走到花园另一头的桦树下坐下，面朝着他，但目光却在他的身后。他走到离她几步远的地方，陪着她小心坐下。这两只猫就这么坐着，似乎在进行某种交流。过了一会儿，我们家的猫想碰碰运气，就小心翼翼地往前走了几小步，猫小姐赶忙向后挪了挪。他靠一条前腿和背部稳住身体，席地而坐。她舔了舔自己的毛。这位直率的猫小姐，压根儿不懂风情，也看不起母猫们的搔首弄姿，与我以前养的另一只母猫阿灰迥然不同。一晃阿灰已经离开我们多年了。她不管对人类还是对公猫，逮住机会就爱施展她那风流婉转、妩媚妖娆的手段。布奇奇一直在看小母猫。然后他又移动了一下位置，没有直接走向她，而是换了个角度坐下，但实际上离她近了些。这一回她没有反应。他们就这样坐着，她时而舔一舔毛，时而东张西望，时而伸出爪子拨弄身边地上的甲虫或其他什么东西。他对她温柔地叫了一两声，可对方依旧没有理睬他。大约过了十五分钟，她站起身来，几乎与他擦身而过，然后在他附近坐下，但是背对着他，望着园中的荒草丛生处。他也换了个姿势，看着她的背影，而后又喵呜叫了几声，发出邀请，希望她注意到自己。她故意起身走进花园中的荒地，一会儿身影便没入了草丛中，但透过起伏不定的草浪，知道她正穿行其间。接着她跳上篱笆墙，过去大帅猫常坐在那上面看松鼠和小鸟，如今他只能“望墙兴叹”了。过了片刻，她跳下篱笆，走向那新修剪过的绿油油的大水库草地。他在身后高声唤她，然后掉头回家，慢慢地向楼上爬去……家里那一层又一层的楼梯，对他来说是越来越难爬了。

大帅猫必须上下楼梯到花园中如厕，我的确在考虑让他使用猫砂盆，但又怕伤了这个独立要强的家伙的自尊心。后来，他的身体每况愈下，显然爬不动楼梯了，所以我在家里备了个猫砂盆。有时候他还是想到外面方便，可是进出猫洞会弄疼他的肩膀。如今他的肩膀肿得越发厉害，布满瘆人的疙瘩。

他排便后，想用腿拨砂土盖住排泄物，但腿每动一下，都会扯动他原本前肩所在位置的肌肉，这块肌肉如今就覆盖在那片光滑的黑色皮毛下，疼得他龇牙咧嘴。他还是咬牙坚持拨了拨砂，随后查了查自己的工作成效，接着又试了一次，那块曾经用来帮助前腿移动的肌肉，只得继续艰难地运作。过了一会儿——他露出傻傻的尴尬的表情，看了我一眼，好像在说，希望我没看到他这愚蠢的举动。自此以后，他也就不再埋砂盆中的粪便了。如今他靠三条腿站立时，都要花很长时间才能找到平衡。

他最喜欢的地方是客厅的一张矮沙发，因为他能轻松上下。客厅里还有一张小矮床，摆在暖气附近，他常常躺在那儿，让暖气对着他那边疼痛的肩膀吹。以前他都是和我同床而眠的，但是到我房间需要爬两层又窄又陡的楼梯，他已经力不从心了。我十分想念与他同眠的日子，如今半夜醒来，却看不到躺在身边的他，用那双亮晶晶的黄眼睛望着窗外的夜色；我进出房间时，再也听不到他那温柔友好的叫声，那声音曾陪我度过许多个春夏秋冬。他的叫声千变万化，单单表示欢迎的声音就有好几种：真心欢迎的咕噜声、半真半假的呜呜声以及热烈欢迎的呼喊声；还有反映某种情况的轻轻咕哝声，可能是表示感谢，也可能是一种警告：我在这呢！看着点，小心我的肩膀。也有时候他说的话并不好听。譬如，他会坐在我的面前，盯着我，发出一连串只有一个单音的愤怒喵喵声。他是在控诉我吗？我也没弄明白。

在他年轻时，我半夜醒来，常常发现他也醒着。一看见我睁开了眼睛，他就会立刻爬到我的床上，躺在我的肩膀上，用爪子搂住我的脖子，把他那毛茸茸的脸贴着我的脸，像个小孩终于被温柔抱起那样，心满意足地长叹一声，我也情不自禁地哼了一声回应他。然后，他就依偎着我，一直幸福地打着呼噜，直到沉沉睡去。

猫是多么奢侈难得的动物啊，他能令你的每一天都充满无穷的惊喜，抚摸这种小兽的感觉是那样美妙，你掌下的皮毛是那样柔软光滑，在寒冷冬夜醒来时他还会温暖你的身躯，即使他是一只随处可见的寻常土猫，身上亦散发出高贵而迷人的气质。他会穿行于你的房间，从他茕茕独立的步态中，你可以窥见金钱豹甚至美洲豹的身影。当他转头凝视你时，双目如炬，散发着炙热的黄光，似乎在明明白白地告诉你，他这个与你同住的朋友，这个你每次抚摸，挠其下巴或抚其脑袋都会发出咕噜声的猫，是位多么异乎寻常的访客。

我卧室下面的房间里放着一张床，这张床很高，但我们用软垫和毯子叠了一个活动梯子，方便他爬上爬下。他现在的活动范围主要在客厅，有时也会去厨房和厨房外面的小平屋顶走走，或到楼梯平台上厕所，他的猫砂盆就搁在那儿。

他喜欢我慢慢梳理他全身的皮毛，我得特别小心，因为他原来肩膀所在部位的皮毛非常粗糙，皮肤上都是疙瘩。他也喜欢我为他推拿按摩，特别是顺着脊椎从脖子使劲按到尾巴。我还会为他掏耳朵，洗眼睛，毕竟他只有一只爪子，没有两只爪子利索。他会舔我的手，好像我的手暂时成了他那只截去的前肢，擦拭另一侧他够不着的眼睛部位，我一遍一遍地揉着那里，因为他的唾液跟我们人类的一样，有护眼明目的功效。

有时他在沙发上躺得太久，身体都僵硬了，下来时就会十分吃力，我自己要是坐久了，腿脚也会不灵便的。每逢这时，他连想瘸着脚走路都心有余而力不足，只能一边沮丧地喵呜叫着，一边痛苦地慢慢爬往另一个地方，那儿有暖气，可以松快松快他的一把老骨头。

这只三条腿的老猫，其实身体状况还算不错，人们一走进房间，都会停下脚步称赞道：好帅的猫啊！——不过等他站起身来，一瘸一拐地走开时，大家一下子就静默了下来，尤其是那些见过年轻时的他的客人，更是说不出话来。想当年，他大步流星地走出房间的样子是那样的神气，高高躺在篮顶的模样又是那样的孤傲。他伏在篮顶，两条前腿随意交叉放于身前，尾巴垂落于篮外，目光冷静而深邃。可如今那个高度已经超出他的能耐范围了。

当你坐在一只相识多年的猫身边，把手放在他身上，试着去适应他那不同于自己的生命跳动的频率，他会不时抬起头来，用一种异于平常的温柔语气向你打招呼，告诉你，他知道你想走进他的世界。他看着你，双眼的颜色随着光线变化而变化，你也看着他，手轻轻地放在他身上……要是猫会做噩梦，那么他应该像我们人类一样，也会做愉快有趣的好梦。也许，他的梦会领着他去我曾经梦到的地方，但我从不曾在梦中见过他。我常常梦见猫，大猫和小猫都有，我清楚自己对他们负有一份责任。那些与猫有关的梦，总是时刻提醒我身负的责任：猫需要食物，需要遮风挡雨的地方。倘若人的梦境与猫的不同，或者至少看着不同，那么他睡着的时候，会去往何处呢？

他喜欢与我静静地坐在一块儿，但对我而言这并不是一件容易的事儿。当我有许多事情要忙乎，或者心中惦记着应该做的家务活儿，该清扫的花园，或者该写的文章，要心无旁骛地待在他身边，实属不易。很久以前，在他还是一只小猫的时候，我就已经领教了，这只猫要求我待他一心一意。只要我的思绪一飘离，他就能知道；若是我心里想着别的事情，只是用手机械地抚摸他，他是不会领情的，更别提一边看书一边摸他了。只要一发现我的心思不在他身上，没有专心致志地想着他，他就会悄悄离开。我若是想好好与他坐一坐，就必须让自己的心情慢慢平静下来，忘却疲倦，抛开一切燃眉之急。每当我这么做的时候——当然也要看这位“猫兄”的心情如何，如果当时他身子舒适、情绪稳定——他就会用一种巧妙的方式告诉我，他懂我的用意，知道我正在努力接近他，接近猫，接近猫的本质，发现他身上最美好的一面。一人一猫，正努力跨越那道横亘于我们之间的鸿沟。

译后记

译稿完成之时，恰好是厦门遇上据说十年一遇的冷冬。我仍是厚着脸皮把稿子发给厦大一爱猫的老友，拜托他抽空一看。第二天一早，微信上他留言：阅毕，有趣！中午又追加一条：我是昨晚泡脚的时候一气读完，余味仍在心中。

我多少放心了，如果这位身体力行在勤业楼饲养野猫多年的“猫友”，觉得莱辛笔下的猫有趣，那我的译文应该还是忠实的。仍记得刚拿到书稿时，社科院的好友刘雪岚就说过，莱辛的文笔不能算十分优美，但东西是十分有趣的。因此把握文中的猫趣自然成了翻译时必须考虑之事，所幸，似乎译文中的“趣味”犹存。

必须坦言之的是，莱辛该文的叙事非常简约，多意在言外，因此，在翻译中略有增译，但秉持“增词不增意”之法，按道理不至于太发挥。莱辛的这本书，可读性很高，因写的是人与猫的真情实感，读起来愉悦度也高，翻译时的心情其实是相当愉悦的。是以感谢译林浩瑜编辑的信任，将书稿交于我翻译，让我有机会叶公好“猫”一回。

另外需特别提出的是，译文第十三章“大帅猫”的翻译是借鉴了彭倩文译者的翻译。原文中的“El Magnifico”，是西班牙文，曾记得动画片《猫和老鼠》中有一只猫叫这个名字，是只器宇轩昂的贵族猫。莱辛笔下的布奇奇有多个昵称，“El Magnifico”只是其中之一，他的另一个名号是“粉鼻将军三世”，同时这只猫又是一个“大帅哥”，因此将其取名为“大帅猫”实在符合，两层意思均涵盖：既表明它具有统领家中之猫的霸气，本身又是一只俊逸英俊的公猫。在此，隔空对彭女士表示感谢。

此外，还要感谢侄女佳慧和学生子贤，二人在考研的紧张时刻，仍拨冗通读全部译稿，细致地指出许多理解与措辞不当之处。

译者虽浸淫译海多年，但毕竟才疏识浅，有谬误不当处，敬请读者指正。